Владарг Дельсат

ПРИКЛЮЧЕНИЕ

критерий разумности — 6

2024

Copyright © 2024 by **Vladarg Delsat**

All rights reserved.

No part of this publication may be reproduced, distributed, or transmitted in any form or by any means, including photocopying, recording, or other electronic or mechanical methods, without the prior written permission of the publisher, except as permitted by copyright law.

The story, all names, characters, and incidents portrayed in this production are fictitious. No identification with actual persons (living or deceased), places, buildings, and products is intended or should be inferred.

Book Cover by **StudioGradient**

Edited by **Elya Trofimova & Ir Rinen**

Copyright © 2024 by **Владарг Дельсат (Vladarg Delsat)**

Все права защищены.

Никакая часть этой публикации не может быть воспроизведена, распространена или передана в любой форме и любыми средствами, включая фотокопирование, запись или другие электронные или механические методы, без предварительного письменного разрешения издателя, за исключением случаев, предусмотренных законом об авторском праве.

Сюжет, все имена, персонажи и происшествия, изображенные в этой постановке, являются вымышленными. Идентификация с реальными людьми (живыми или умершими), местами, зданиями и продуктами не подразумевается и не должна подразумеваться.

Художник **StudioGradient**

Редакторы **Эля Трофимова & Ир Ринен**

Оглавление

ХИ-АШ	1
РЕШЕНИЕ	15
Василий	15
Мария	21
МАЛЫШИ	29
ПОТЕРЯШКИ	43
Мария	43
Василий	50
ЗНАКОМСТВО	57
Ша-а	57
Мария	63
ПОДДЕРЖКА	71
Василий	71
Мария	77
ВЗАИМОПОНИМАНИЕ	85
Ша-а	85
Василий	91
НЕРАЗУМНЫЕ. МАРИЯ СЕРГЕЕВНА	99
ЗАЩИТА	113
Ша-а	113
Лада	119
РАЗУМНЫЕ. МАРИЯ СЕРГЕЕВНА	127

ПУТЬ К МАМЕ ... 141
Василий ... 141
Ша-а ... 147

СЮРПРИЗЫ. МАРИЯ СЕРГЕЕВНА ... 155

СОРОК ДВА ... 169
Мария ... 169
Василий ... 176

ПОИСК ВЗАИМОПОНИМАНИЯ ... 185
Лада ... 185
Татьяна ... 192

НОВЫЙ МИР ... 199
Ша-а ... 199
Лика ... 205

ПОДОЗРЕНИЕ ... 213
Мария ... 213
Василий ... 219

НЕВЕДОМОЕ. ТАЙ ... 227

ПУТЬ ВЗАИМОПОНИМАНИЯ ... 241
Дана ... 241
Лада ... 247

ЗНАКОМСТВО ... 255
Мария ... 255
Василий ... 261

ВСТРЕЧА ... 269
Тай ... 269
Василий ... 275

ОСОЗНАНИЕ	**283**
Дана	**283**
Мария	**289**
ДУМЫ	**297**
Татьяна	**297**
Мария	**303**
МАМА	**311**
Тай	**311**
Дана	**317**
БЕСКОНЕЧНОСТЬ ЗАБЛУЖДЕНИЙ. ФЕОКТИСТОВ	**325**
НОВАЯ ЖИЗНЬ	**339**
Дана	**339**
Лада	**345**
ПРОСТО ЖИТЬ	**353**
Наставник	**353**
Тай	**359**

Хи-аш

Мы заключенные. На самом деле мы дети заключенных, но разница небольшая, потому что мы живем в тюрьме, выхода из которой нет, — вокруг космос. Это космический корабль, летящий на планету-тюрьму, так нам говорят, но когда он прилетит, просто неизвестно. Мы рождаемся в неволе и родивших нас не видим никогда, о них можно только гадать. Иногда удается увидеть казнь — старшего или старшую выкидывают в космос, показывая нам, что выхода нет.

Едва открыв глаза, мы видим Хи-аш, что становится нам мамой. Она заботится, кормит, учит говорить и читать. Еще чему-нибудь учит, если повезет, но вся наша жизнь — маленькое пространство, ограниченное решетками. Затем ей приходит время цикла размножения, и она исчезает навсегда. Как происходит размножение, мы тоже знаем... Самку и самца запирают в железном кубе на три смены еды. И если они не размножаются там, то становится очень больно. Зачем нужно нас размножать, я не понимаю, и моя Хи-аш тоже не понимала. Но лишние вопросы я задавать не спешу — в лучшем случае сделают больно.

Вчера забрали мою Хи-аш. И я, и сестра по клетке не хотели ее отдавать злым тюремщикам, поэтому сегодня я могу только лежать, даже скулить сил нет, а моя сестра по клетке навеки исчезла. Тюремщики настолько страшные, что у меня даже слов нет, чтобы их описать. Страшнее их нет ничего.

— Завтра ты станешь Хи-аш, — слышу я равнодушный голос, за которым легко может последовать раздирающая внутренности боль, но сейчас отчего-то не следует.

Едва придя в себя от внезапно обуявшего меня при звуках этого голоса ужаса, я ползу к питальнику — это две свисающие штуки, их нужно сосать, чтобы получить жидкую пищу или воду. Завтра мне принесут маленьких — одного или двух, обычно самок, потому что куда деваются самцы, я не знаю. Они вырастут до моих теперешних размеров, а потом я исчезну из их жизни. Наверное, мою Хи-аш увели на размножение, за которым совершенно точно следует космос.

Я тихо напеваю песенку, которую пела моя Хи-аш, оплакивая ее. Ведь она была всем в моей ставшей такой пустой и холодной жизни. Даже имя она дала мне — Ша-а... Но теперь ее больше не будет, а я стану заботиться о маленьких, пока не настанет последний миг, полный боли и холода. Мне не страшно уже, ведь я смирилась: все так живут, кроме надзирателей, но они просто жуткие по сути своей, поэтому я безучастно жду.

Проходят миги тишины, и вот из соседних рядов слышится плач, затем громкий крик, и приходят они — надзиратели. Мне хочется спрятаться, исчезнуть, но это невозможно — некуда здесь исчезать, поэтому надо принять свою судьбу. Но сегодня, кажется, не по мою душу, хотя кто-то и пострадает, они иначе не умеют.

Заняться здесь особо нечем, но у меня есть камешки и палочки, которыми меня Хи-аш считать учила, а еще можно почитать оставшееся от нее письмо. Она знала, что так однажды случится, и написала мне письмо, которое почему-то не забирают надзиратели. Они сами приносят стило и дощечки, чтобы на них писать. Зачем-то им нужно, чтобы мы умели читать и писать, я, правда, не задумываюсь о том, зачем. Какая разница?

Моя Хи-аш не знала, почему мы здесь и в чем провинились, потому что за столько поколений всё уже забылось, и только надзиратели остаются прежними, хотя я не понимаю, как им это удается. Наверное, они действительно бессмертные. Но думать об этом мне не хочется, мне спрятаться хочется, чтобы не ожидать каждую минуту боли, но это невозможно. Хи-аш говорила, в давние времена были бунты, но о тех временах даже не осталось памяти. И вот от нее самой у меня остались только две дощечки с написанным ее рукой письмом.

Тихо всхлипнув, чтобы не накликать, я вчитываюсь, узнавая руку той, кого больше никогда не увижу...

«Здравствуй, малышка. Сегодня я узнала, что совсем скоро меня заберут. Не плачь, моя хорошая, ты сильная, ты справишься, я верю в это. Ты была всегда моей радостью, очень послушной и умненькой, поэтому запомни, что я тебе напишу, и уничтожь табличку».

Ой, моя Хи-аш хранила Тайну. Правда, у нее не было возможности воспользоваться ею, но она пишет: если я смогу оказаться вне решетки, у меня тогда будет маленький шанс спастись. Наверное, это одна из легенд, которые передаются из поколения в поколение. Именно поэтому я внимательно читаю, запоминая каждое слово. Легенда, конечно, невероятная — чтобы сделать описанное, мне нужно оказаться вне блоков клеток, а это нереально.

Хи-аш написала, что за блоками клеток, в темном коридоре, есть Большая Синяя Кнопка, и если на нее нажать — откроется просторная комната, в которой нет клеток. И вот там есть волшебство, которое сможет унести меня прочь от тюрьмы. Больше не будет надзирателей и боли тоже. Хи-аш называла это «сказка», то есть такая легенда, которая совсем никогда не может быть правдой, но я все равно буду надеяться и, когда придет срок, передам это знание малышам. Может быть, однажды они смогут оказаться вне блока и найдут свою свободу.

Еще Хи-аш написала, что малышей нельзя бить, и рассказала, как именно о них надо заботиться, потому что у нас это, конечно, инстинкт, но... Если малыш заболеет, ему никто, кроме меня, не поможет. Я знаю все это, разумеется, но Хи-аш не зря написала, так что не менее внимательно читаю все-все написанное ею.

На душе очень пусто, поэтому я просто укладываюсь спать, чтобы во сне увидеть мою Хи-аш. Теперь я ее только во сне смогу видеть. А потом отправлюсь вслед за ней, потому что так было и будет всегда. Легенда, которую она мне написала, вдруг дала мне смысл жить. Жить для того, чтобы однажды нажать Большую Синюю Кнопку. И тогда неведомая сила унесет меня прочь от надсмотрщиков, от боли и ожидания конца. Пусть это только «сказка», пусть! Но теперь мне есть для чего жить, я обрела надежду.

Как мало, оказывается, нужно для того, чтобы обрести толику тепла внутри. И хоть я знаю, что описанное невозможно, вот просто совсем, но родившаяся внутри меня надежда заставляет верить. Наверное, мне просто нужно во что-то верить? Еще можно иногда поговорить с соседскими Хи-аш, когда маленькие появятся, потому что сейчас все соседские клетки пусты. Я не помню, кто был в них, когда еще была жива моя Хи-аш, но сейчас они совершенно точно пусты, и это очень плакательно. Плакать, впрочем, нельзя, потому что за плач без причины она сразу же может появиться.

Я держу в руках еще не открывшую даже глаза малышку, она только чуть попискивает, еще не зная, что родительницы больше не будет. Маленькая Си ищет губами еду, поэтому я подношу ее поближе к питальнику. Она сразу же присасывается, а я смотрю на нее, и кажется она мне родной. Поэтому я называю ее Си, что означает — близкая, своя. Какая она хорошенькая, еще не знающая, что такое боль, надзиратели и тоска по свободе. Вот и стала я Хи-аш...

В соседней клетке вдруг появляется еще одна, такая же, как и я. Ее приволакивают за шею, грубо бросая внутрь. Она пока не шевелится, значит, малыш появится позже. Я же, увидев надзирателя, закрываю собой Си, сжимаясь от предчувствия боли, но ее почему-то не следует.

Хнычет маленькая Си, поэтому я ее укачиваю в руках, и она засыпает. Теперь у меня точно есть смысл жизни — сохранить малышку, подарить ей мою заботу и ласку, как дарили и мне. Вот скоро она откроет свои глазки, чтобы увидеть мир, в котором нет ничего хорошего. Мир, ограниченный решетками… Как бы я хотела, чтобы она смогла быть радостной, но это не в моих силах. Инстинкт заставляет меня защищать ее, но даже если бы его не было… Ой, проснулась!

— Здравствуй, маленькая Си, — негромко говорю я уже своей малышке. — Здравствуй, чудо мое!

Глазки у нее необыкновенные просто, они становятся очень большими в этот момент, ведь малютка осознает близкое существо. Первое, увиденное ею. На самом деле, это неправильно — глаза открываются в пустоте и тишине, потом уже приходит надзиратель, принося первую боль. Интересно, почему с нею все иначе? Я не буду мучить свою Си и боли ей не принесу. Злые надзиратели не могут этого не понимать…

Хи-аш говорила, что если в момент открытия глаз увидеть маму, то без нее уже не сможешь жить. Может быть, надзиратели решили это проверить, ведь что им жизнь моей Си? Я не знаю, но сейчас забочусь о ней так, как мне показывала Хи-аш, и моя малышка улыбается. Так ярко улыбается, как будто свет включили. Я понимаю — все на свете сделаю, чтобы ее не коснулась плеть надзирателя.

Первые смены еды малыши развиваются быстро. Очень скоро маленькая Си начинает понемногу ходить, а затем и повторять за мной разные слова. Я знаю, что нужно делать, чтобы ей было проще начать говорить, поэтому время заполняется заботой о малышке. Она вполне ожидаемо очень любит находиться в моих руках, а еще играть. Я закрываю Си собой, стоит только появиться надзирателю, но они не стремятся ее ударить или помучить, что необыкновенно, конечно.

Спустя три по девять смен пищи Си произносит свое первое слово. И это слово вовсе не Хиаш, она зовет меня «мамой». У каждого из нас есть генетическая память, ее важно правильно пробудить, но, кажется, у Си она проснулась необычно, ведь я же не мама... или все-таки? Пусть зовет мамой, раз ей так комфортно, ведь все равно никого больше у моей малышки нет, да и не будет никогда.

— Ма-ма, ку-шать, — по слогам, неуверенно еще произносит моя Си.

— Ну, давай покушаем, — улыбаюсь я ей. — Пойдем…

Малышкам надо больше двигаться. Они маленькие, поэтому клетка им кажется большой. Я помогаю своей Си побольше двигаться, и она улыбается. А вот соседка моя так и не встала. Когда пришли надзиратели, она все так же лежала, поэтому ее забрали, утянув за ногу. Наверное, она просто не смогла перенести разлуку со своей Хи-аш. Такое иногда бывает, и ничем тут не поможешь.

Малышка Си любит кататься по мне, она весело смеется, но я не даю надзирателям приблизиться к ней. Оскаливаюсь и предупреждаю их звуками, при этом они почему-то не приносят боль. Наверное, у надзирателей это новая игра, ведь они не могут иначе. Они мучают нас, играя с нами, и, когда приходит срок, просто убивают.

Спустя еще два таких срока я понимаю: надо учить малышку чтению и письму. Но тут звучит сообщение о казни. Как бы я не хотела, чтобы малышка видела это, но меня не спросят. На потолке проступают изображения тех, кого сегодня не станет. Это еще одна игра надзирателей. Сама казнь тоже будет на потолке показываться. Я закрываю глаза моей Си, не давая рассмотреть потолок, а сама бросаю взгляд вверх и застываю.

Слезы сами просятся наружу, но я держусь, ведь если Си увидит — испугается малышка моя. А я все смотрю на потолок, с которого на меня глядят полные муки глаза моей Хи-аш. Той, что дарила мне тепло, согревала мою душу и старалась отвести беду. Жуткие в своей жестокости надзиратели хотят уничтожить меня. Почти замученная — я же вижу — моя Хи-аш смотрит на меня с потолка. Если бы не малышка, я бы выла сейчас от внутренней боли, но при Си нельзя.

Я обнимаю свою маленькую, молясь холодному пространству, чтобы Хи-аш мучилась недолго. Прижав к себе тельце Си, я закрываю глаза, чтобы не видеть, как вытолкнут в равнодушный космос ту, что была для меня всем миром. Если я когда-нибудь смогу оказаться за блоком решеток, то сделаю все, чтобы уничтожить надзирателей.

В клетку врываются они, и приходит боль, но я молчу. Закрывая собой своего ребенка, я молчу, терпя эту боль. Тихо пищит от страха Си, вздрагивает от разрядов мое тело, но даже на грани сознания я защищаю ее. В этот миг надзиратели исчезают, позволяя мне перевести дух. Я все так же сижу в углу, закрывая собой свою Си, но боли не становится больше, а та, что есть — она пройдет.

Наверное, надзирателям не понравилось, что я не хочу смотреть на смерть своей Хи-аш. А может быть, им просто хотелось меня избить, ведь они звери. Дикие, не умеющие говорить и понимать звери. И хотя я в полной их власти, мою малышку буду защищать до последнего. Мою Си, мою... дочь? Да, инстинкт говорит мне, что нет никого ближе и важнее на свете, чем она, значит, я поступаю правильно.

— Не надо бояться, маленькая, — успокаиваю я малышку. — Все уже закончилось.

— Страшные очень... — признается она мне, показывая полную «активацию», как это называла моя Хи-аш, генетической памяти.

— Мама не даст в обиду, — улыбаюсь я ей, хотя хочется плакать.

Нельзя мне плакать, раз я «мама». Для маленькой Си плачущая мама будет катастрофой. Именно поэтому я держусь, оплакивая свою

Хи-аш где-то внутри себя, куда никто не может заглянуть и где по-прежнему сидит маленькая Ша, отчаянно пугающаяся любого надзирателя или похожего на него существа.

Решение

Василий

Мама сегодня летит в экспедицию, а мы с Ладушкой — на практику. Первая самостоятельная практика у нас, потому что основной школьный цикл закончили. Впереди углубленный и специальный, так что шесть циклов еще у нас школа, не меньше, а вот сейчас обзорная практика — на звездном разведчике пойдем. Лада у меня эмпат сильный, а я интуит, это у меня от мамы. И вдвоем нам очень комфортно.

Мой дар меня ведет правильным путем, тем более что ошибиться сложно: наш корабль рядом с маминым стоит, ну и еще некоторое количество кораблей теснятся вокруг. Главная База Флота —

огромная станция, на орбите Гармонии болтается, мама же идет на своем «Марсе» в сопровождении «Юпитера» — потому что мало ли что, вдруг десант понадобится? Несмотря на то, что экспедиция у нее необыкновенная, я за нее спокоен — не отпустили бы ее, если бы беду чувствовали.

— Наш орбитальный, — киваю я Ладе на отобус с яркой синей полосой.

— Точно, — улыбается она, прижимаясь ко мне. — Иногда боязно, но с тобой ничего не страшно.

Это моя хорошая еще иногда людей пугается, сильно ее в детстве напугали. Правда, деда обещает: все наладится и о плохом думать не надо. Ну, понадеемся, потому что, если нет, надо будет уже серьезно думать с докторами. Не должна Ладушка уже пугаться, но иногда накатывает на нее совершенно неожиданно, вот как сейчас. Я успокаиваю ее, проходя в отобус, и усаживаю любимую у окна.

Несмотря на то, что нам по двенадцать, она моя любимая, и я ее. У нас просто так получилось, поэтому взрослые и не возражают, а мне важно, чтобы Лада улыбалась, вот и все. Деда говорит, и не такое на свете бывает, так что много размышлять не надо, а надо нам думать об учебе, играх и друг о друге. Вот когда вырастем, тогда и решим — игра это или нет.

Отобус медленно поднимается на орбиту, я уже и хорошо знакомый мне «Марс» вижу, а рядом с ним, кажется, еще один такой же, по крайней мере, обводы очень похожи. Любопытно будет изнутри сравнить, конечно, но пока у меня Лада, которой грустится. Почему любимой может быть грустно, я знаю, мне мама все объяснила. Регулирующий прибор начнет работу после первого раза, точнее, во время его, поэтому, вероятно, неделька до этого будет не очень веселой. Так что я, как мне кажется, готов.

На причальной платформе людей множество — легко можно потеряться, поэтому я доверяюсь своему дару, двигаясь с Ладой сквозь это море. Нам на другой конец порта нужно, где причальные галереи больших кораблей располагаются. Моя милая зажмуривается, отчего веду ее я, что для меня вполне привычно — слишком много людей, так бывает.

Надо будет после практики мою хорошую еще раз врачам показать на всякий случай, а то от таких стрессов сердечко расстроиться может, а это нам совсем не надо. Вот и галерея, кстати.

Лада, что характерно, идет с закрытыми глазами, мне глазеть по сторонам тоже некогда, а ведет меня никогда не ошибающееся чувство правильности. Странно, правда, что в галерее никого нет, при этом шлюз раскрывается, и я с коммуникатора отправляю уведомление о прибытии на практику.

— Уважаемый разум, — обращаюсь я к интеллекту корабля. — Не подскажете, где наша каюта, а то Ладушке от обилия людей нехорошо.

— Следуйте за указателем, — отвечает мне разум корабля, на котором нам практику проходить.

Указатель — это огонек, под ногами светящийся, он нас и ведет в сторону каюты. Сейчас я Ладушку уложу, она поспит и успокоится. Такое бывает, нервничать по этому поводу не надо, ничего плохого с нами случиться не может, потому что мы дети. Даже потеряться толком не сможем — Человечество за этим тщательно следит.

Мне все вокруг кажется очень знакомым. Неужели прямо так сильно похожи корабли? Вот и каюта наша. Опять странно — нет никого в коридорах, как будто ночь у нас или все заняты. Это непривычно, на самом деле, обычно на исследовательских звездолетах много праздношатающегося народа, это только на военных все тихо и спокойно, особенно перед стартом.

— Сейчас полежишь немного, в себя придешь, хорошо? — интересуюсь я у милой, она на это неуверенно кивает.

— Как скажешь, — негромко отвечает Лада, вот только странно она себя ведет сегодня. С другой стороны, мы впервые так далеко от дома на долгий срок улетаем, так что всякое может быть.

— Включить экран, — командую я, ибо управление у нас, скорее всего, пока только голосовое. Сейчас в себя придем, и я настрою правильно коммуникаторы в корабельную сеть.

На экране наша Гармония — безумно красивая планета, на которой нас ждут наши близкие. Практика пролетит очень быстро, мы и заметить не успеем, именно об этом я Ладе и говорю, успокаивая мою девочку. Она в ответ прикрывает глаза, улыбаясь мне, отчего на душе очень тепло становится.

— Уважаемый разум, как вас правильно называть? — интересуюсь я у интеллекта корабля. Насколько я знаю, у исследователя он себя пока не осознал, но это не отменяет вежливости по отношению к квазиживому, ведь мы разумные существа.

— По названию корабля — «Марс», — отвечает мне разум звездолета, и мне сразу же становится нехорошо от таких новостей. Я даже вскакиваю, чтобы поспешить на выход, но, судя по экрану, поздно.

— Ой, мамочки... — негромко вскрикивает Ладушка, и я ее вполне понимаю.

Выходит, мы перепутали звездолеты, но тут есть, как деда говорит, «нюанс» — меня вел мой дар. Значит, это должно что-то значить. Доверять своим дарам нас учат, и учат очень серьезно, поэтому подумать мне есть о чем. Самый главный вопрос — сдаваться или нет?

— Как ты, милая? — спрашиваю я Ладушку, прижавшуюся сейчас ко мне.

— Не хочу признаваться, — признается она мне. — Может быть...

— Не хочешь — не будем, — я глажу ее по голове, а она обнимает меня поперек корпуса и замирает.

Мне и самому не хочется признаваться: ведь если это дар, значит, так и должно все быть. Пытаюсь, как в школе учили, представить, что вот прямо сейчас иду к маме, признаваться.

Ощущение такое, как будто в стену втыкаюсь, значит, нельзя пока. Хорошо, а если попытаться связаться? Тоже ощущение стены, что означает — такое действие неправильно, а почему?

Что сделает мама, едва только нас увидит? Скорее всего, отправит обратно на малом корабле. Это логично, но, видимо, именно это и неправильно. Значит, пока разберется, пока одно, пока другое, будет потеряно время. Так, представлю-ка я, что звездолет из-за нас прибывает позже...

— Не надо! — хнычет все моментально почувствовавшая Лада. — Не делай так!

Она у меня эмпат, значит, все ощущает сама, я и сообразить не успеваю. То есть мой дар тоже против. Буду сидеть тихо и спокойно, пока не наступит... Думаю, мой дар мне подскажет, когда наступит срок.

Мария

Что-то у меня на душе неспокойно, хотя вроде бы все в порядке. Мы находимся в скольжении, направляясь к зоне Испытания. В саму зону входить точно не будем, а вот посмотреть, куда денется капсула, надо. Заодно и подберем детей, раз уж капсула детская. Интересно, зачем делать изолировано именно детские капсулы? Впрочем, вопрос сейчас в другом — как организовать поиск.

— Альеор, — обращаюсь я к нашему, да и к моему, другу. — А известно, что это был за корабль, и откуда информация, что капсула детская?

— Я думал, ты никогда не спросишь, — совсем по-человечески отвечает он мне. — О том, что в капсуле незрелые ростки, стало известно само по себе, так бывает в поле Испытания, поэтому мы не можем сказать, что это был за корабль — слишком быстро все произошло.

— То есть не капсула детская, а дети на борту, — понимаю я, ибо это меняет мое представление о цели. — В любом случае сначала погружение тут, а потом уже переход в альтернативу.

— Согласен, — кивает Альеор, прянув в задумчивости ушами. — Очень правильная мысль. Будем надеяться, что капсула не была уничтожена...

Я знаю, о чем он думает. Мы тоже этот вариант рассматривали, так что будем внимательными. Нам-то поле Испытания не угрожает — мы разумные существа, в чем я совершенно уверена, а вот кому другому, особенно диким расам... Ладно, потом подумаю.

— Марс, чем практиканты заняты? — интересуюсь я у разума корабля.

— Практиканты находятся в отведенной им каюте, — отвечает мне «Марс».

Отчего-то чудится мне некоторая недосказанность в его ответе, но я гоню от себя эту мысль. Что может быть странного в двоих практикантах Академии Флота? А то, что они в каюте сидят, даже хорошо — сейчас точно не до них будет. Сначала у нас скольжение, хоть и не так далеко.

Я же раздумываю о другом: «потеряшки» наши. За время существования Человечества было потеряно немало звездолетов, так что провалиться в альтернативу они могли, вопрос только в том, как их искать. Ну и в единственном известном нам альтернативном мире люди себя сильно так себе показали, то есть надо будет искать точки соприкосновения, не допуская боевого контакта. Та еще задача, на самом деле, но мы наверняка справимся. Дедушка в таких случаях говорит: «Не боги горшки обжигают».

Мысли возвращаются к услышанному от родителей. Интересно, почему я могу прибить Ваську? Скорее всего, он что-то натворит, вопрос только, что? Хоть и не верится мне в это, ведь с ним рядом Ладушка, а ей не очень хорошо должно быть. Во-первых, она у нас пугливая, травмы раннего детства нет-нет, а сказываются, во-вторых, вскорости, согласно коммуникатору, у нее наступит то, что доктора зовут «менархе», то есть Ваське должно быть сильно не до проказ. Но почему тогда такое ощущение странное?

Интуиты не могут чувствовать что-либо в отношении себя или своей семьи, это папа еще когда доказал, а возвратных у нас здесь, по-моему, нет. Вася у меня имеет обе направленности дара, из-за чего, кстати, собираются ввести специальный термин — «абсолютный интуит», но пока не вводят, так что просто учитываем.

— Выход, — предупреждает меня «Марс», и в тот же момент исчезает плазменный колодец, заменившись нормальной звездной картиной.

— Телескоп, — так же лаконично командую я, чтобы рассмотреть ту самую зону, где, по мнению Альеора, проходит некое Испытание.

Загорается специальный экран, позволяя рассмотреть ничем не примечательную картину. Звезды сверкают, ближайшая звездная система чуть ли не в парсеке, так что просто пустое пространство, ограниченное навигационными буями. Они не наши, но сигнал вполне понятен: навигация запрещена. Наши тут уже тоже есть, естественно, чтобы избежать случайностей.

— Марс, — снова обращаюсь я к разуму нашего звездолета. — Как думаешь, откуда мог идти звездолет, не отреагировавший на буи?

Спустя мгновение на экране появляется пунктирная линия. Присмотревшись, я понимаю — квазиживой прав, при таком пролете два буя могут заглушить друг друга, только получается тогда, что полет был неуправляемым. Либо звездолет терпел бедствие, во что я верю не слишком, либо загадки множатся.

Буду считать, что множатся у нас загадки, потому что не очень я понимаю, что именно происходит. Но надо начинать работу. Действовать мы будем по инструкции, ибо они писаны кровью, и не хотелось бы, чтобы нашей. Весь флот — это традиции и инструкции, нарушать которые не очень хорошо. Даже учитывая, что, спасая сестер, папа их нарушил, а брат вообще проигнорировал в аналогичном случае, я все же постараюсь соблюсти, ибо мало ли что.

— «Юпитеру» занять позицию за «Марсом» вне створа двигателя погружения, — звучит со стороны командира звездолета. — Приготовиться к маневру.

— Группе Контакта готовность, — добавляю я со своей стороны. — Практикантам рекомендовано не покидать каюту.

— Навигационным буям сигнал: навигация запрещена, — добавляет вахтенный начальник.

Начинается вполне привычная работа, при этом поднимаются щиты, подключаются и системы маскировки, потому что случаи, как папа говорит, бывают разные, а рисковать не хочет совсем никто. Да и не нужен нам глупый риск, чай, не Вторая Эпоха на дворе, а уже Пятая. Живет и развивается Человечество...

— Приготовиться к погружению, — спокойно отдаю команду я, как начальница экспедиции.

Разумеется, мы знаем уже, почему папин корабль так побился при «всплытии». Все меры были приняты незамедлительно, двигатели усилены, потому нам то же самое уже не грозит, если следовать инструкции, а именно ей я сейчас и следую. Загораются синие огни изоляции темпорального поля, зелень экрана указывает на безопасность маневра и окружающей среды, медленно гаснут звезды: при погружении во времени они не видны — такова особенность этого типа движения.

— Начато погружение, — отзывается офицер навигации, который сейчас за движение и отвечает. — Процесс нормальный, флуктуаций нет.

— Очень хорошо, — киваю я, зная, что погрузиться мы должны так, чтобы оказаться в Пространстве до появления загадочного звездолета. — Ира, в рубку подойди, пожалуйста, — действуя по наитию, зову я главу наших эмпатов.

Чует мое сердце — эмпаты мне сейчас очень сильно понадобятся, а раз ощущение такое сильное, то это совершенно точно активировался дар. Вот чем-чем, а сигналами дара манкировать нельзя, нам всем это в свое время хорошо объяснили.

Ну что же, сейчас мы посмотрим, с чего вдруг такие реакции...

Малыши

Меняется все неожиданно. Сначала я слышу чей-то плач, но неизбежной расплаты за ним не следует, как будто надзиратели решили заставить нас помучиться от невозможности помочь малышу или малышке. Жестокие игры надзирателей становятся все более страшными. Я прижимаю к себе мою Си, надеясь только на то, что с нами они играть не будут. Малышка моя испугана, кажется, постоянно, но пока прижата ко мне, страх ее не такой большой.

В какой-то момент плач становится тише, но полностью не исчезает, что дарит надежду — малыш жив. По голосу я не могу определить, малыш это или малышка, но просто надеюсь... Видимо, Хи-аш погибла, такое бывает, я знаю.

Может быть, ребенок сможет найти питальник самостоятельно. Я бы очень хотела помочь ему, но даже и не вижу малыша, поэтому ничего сделать не могу.

— Мама, а почему вокруг нас вот это? — спрашивает меня Си, заставляя вздохнуть. Сейчас мне придется рассказать моей маленькой, что мы навсегда в тюрьме.

— Все, что ты видишь вокруг нас, — начинаю я свой рассказ, — это тюрьма, но она и наш дом. Это решетки, — показываю я, — не дающие нам убежать. А есть еще жуткие существа — надзиратели. Они похожи на нас, но намного выше и страшнее.

Вот теперь я рассказываю малышке, почему надо сразу прятаться за мамой, едва только увидит надзирателя. Она слушает меня жадно, все-все сразу запоминая, как и я когда-то слушала свою Хи-аш. И я точно так же прижимаю к себе малышку, показывая ей, что мама защитит. И моя... доченька очень хорошо понимает это. Кажется, я не должна знать таких слов: «сын», «дочь», но генетическая память показывает мне, что тюрьма была не всегда. А раз она была не всегда, то возможно и освобождение. Только каким оно будет?

Иногда я мечтаю о том, как, нажав Большую Синюю Кнопку, я оказываюсь в сказке, ну или в легенде, чтобы навсегда быть счастливой. В этой сказке много пищи, травы и даже твердая еда есть, сохранившаяся только в памяти. И я рассказываю моей маленькой о той самой волшебной стране, где нет решеток и надзирателей.

— И никто не хочет делать больно, — продолжаю я, кажется, даже копируя интонации моей Хи-аш. — Никого не радуют слезы, а дети там самые важные. Самые-самые!

— А как мы туда попадем? — сразу же интересуется Си.

— Для того, чтобы попасть в сказочную страну, — прямо на ушко говорю я ей, — надо нажать Большую Синюю Кнопку!

— А где она? — удивляется моя малышка.

Ох, доченька, если бы я знала. Но я просто верю: однажды наступит час, падут решетки, и мы сможем найти ее. А пока мы смеем только надеяться. И жить, конечно, чтобы не радовать надзирателей предсмертными муками. Кстати о надзирателях... Как-то давно слишком их нет, как будто в Космос улетели. Это, конечно, мечты, потому что такого случиться не может, ну а вдруг? Вдруг нам всем повезет?

Очень хочется, чтобы повезло, конечно, но... Я знаю, что чудес не бывает. И никаких Высших тоже, хотя моя Хи-аш очень хорошо описала тех, кто нас должен защищать. Но мы в тюрьме, а здесь никакой защиты и близко нет. Наверное, Высшие только для тех есть, кто на свободе? Не знаю... Все-таки, куда исчезли надзиратели?

Я подхожу поближе к решетке, осторожно касаясь ее. Раньше от этого простого движения становилось больно. Не сильно, но тем не менее, а теперь нет. Я хватаюсь за нее всей рукой — боли нет, а еще мне кажется, что решетка чуть-чуть поддается под пальцами. Оглядевшись по сторонам, я никого не вижу, поэтому берусь за нее обеими руками, начав раскачивать. Мне кажется, у меня что-то получается, хоть совершенно не верится в подобное чудо. Что это значит, я не понимаю, очень надеясь на сказку...

— Завтра все заключенные отправятся в путь! — громко, почти оглушая меня, доносится из-под потолка.

Первая моя реакция — паника, ведь я отлично понимаю, что это означает. Озвученный срок для меня не значит ничего, ведь что такое «завтра», я представляю себе с трудом, но вот что именно с нами собрались делать, я осознаю даже очень хорошо. Совсем скоро нас выкинут в Космос... Малышка Си погибнет! Я тоже, но она важнее, и потому я яростно начинаю расшатывать решетку.

— Мамочка, что ты делаешь? — спрашивает меня Си, приблизившись к решетке, которую я качаю обеими руками.

— Нас решили убить, — объясняю я ребенку. — Я хочу сломать здесь все и убежать, чтобы тебя спасти.

— Я тебе помогу! — и малышка с разбега кидается на железные прутья.

— Помощница моя, — улыбаюсь я, не забыв ее погладить.

«В путь» в тюрьме может значить только одно, потому я и не сомневаюсь, все яростнее раскачивая прут клетки. И тут что-то негромко хрустит. Обрадованная, я налегаю всем весом, и в следующий момент железяка падает в проход промеж клеток. В первое мгновение я даже не понимаю, что произошло, замерев в ступоре, но затем подхватываю Си, чтобы протиснуться в появившуюся дырку.

Теперь надо выйти за пределы блока, ведь где-то там есть Большая Синяя Кнопка! И я спешу вперед, хотя двигаться очень тяжело, почти невозможно, но у меня получается. Уже и конец коридора виден, только и там решетка. Впрочем, сейчас это меня не останавливает — ее можно сломать, и я сломаю ее, защищая Си. Интересно, сколько еще таких решеток встретится на моем пути к свободе?

На новую решетку я буквально бросаюсь. Что-то опять хрустит, и она просто падает в коридор между клетками. Обрадовавшись этому, я подхватываю Си, убегая дальше, хотя скорее уползая, ведь клетка была совсем маленькой и ходить я почти разучилась бы, если бы не упражнения, которым меня учила Хи-аш. И вот теперь я довольно быстро, по-моему, двигаюсь в сторону следующей преграды. Я уже почти верю, что спасение есть, но при это меня удивляет пустота в клетках, как будто мы с Си остались одни. Может ли так быть?

Нет, я слышу еще тихий плач, почти хрип неизвестного малыша и, не отдавая себе отчета, сворачиваю в его сторону. Пусть я рискую нашей жизнью, ведь надзиратели могут появиться в любой момент, но я не могу оставить ребенка одного. Просто не могу, и все. И не оставлю никогда, потому что только так правильно.

Вот и клетка, которую мне тоже нужно сломать, потому что внутри умирает малышка. Я вижу, что это девочка, причем уже почти без сил, и что если я ничего не сделаю — она умрет. Именно поэтому я ломаю с трудом поддающуюся клетку. Здесь решетка крепче, чем в других местах, намного крепче. Но я смогу, я справлюсь, просто обязательно, ведь иначе не может быть.

И вот, когда я почти отчаиваюсь, соседний с выламываемым прут вдруг с хрустом выпадает мне прямо на ногу. Это очень больно, но плакать я буду потом, а сейчас надо подхватить малышку, чтобы как можно скорее найти ту самую Кнопку, если она существует... ну пусть она существует!

Си обнимает свою сестренку, ничуть не возражая против ее присутствия. Я называю малышку Хи, что значит «выжившая», при этом она безусловно принимает меня, что значит — своей Хи-аш у нее не было. Как только выжила маленькая... Она младше Си, даже не разговаривает совсем, хотя если она совсем без Хи-аш, то генетическая память могла не активироваться. Наверное, для памяти нужна Хи-аш.

Блок клеток заканчивается совершенно

неожиданно. Вот только что лежали в обрамлении желтоватого железа пустые пространства, и в следующий момент — вереница коридоров. Я вспоминаю описанное моей Хи-аш, осознавая: времени у нас очень мало, поэтому надо искать тот самый коридор с Большой Синей Кнопкой. При этом...

В клетках действительно никого нет. Мои малышки и я сама — единственные в блоке клеток. Значит... Всех остальных убили? Или надзиратели придумали какую-то другую игру? Могли же они другую игру придумать? Я не знаю, ощущая себя так, как будто я одна в этих бесконечных коридорах тюрьмы.

Поесть здесь негде, а вот поильники в каждом коридоре есть. Вода в них так себе на вкус, но малышкам она просто нужна, да и я плохо переношу, когда попить нечего. При этом мне кажется, что это не совсем поильники... впрочем, какая разница? Главное же напоить малышек, а все остальное неважно.

Все коридоры серые, гулкие и пустынные. Они заканчиваются стенкой, даря понимание — мы в ловушке. Здесь никого нет, а мы с малышками или вернемся в тюремный блок, или погибнем от голода. Может быть, эта игра надзирателей должна показать нам, что спасения нет?

И вот в следующем, уже привычном своей серостью коридоре, я вижу ее. Подсвеченная колдовским огнем, она находится высоко, так что я едва дотягиваюсь. Задумываюсь на мгновение даже о том, стоит ли нажимать, но тут откуда-то со стороны блока клеток доносится очень зловещий скрежет. Он пугает, даже слишком, поэтому я, зажмурившись, вжимаю кнопку, а затем, подхватив поудобнее вцепившихся друг в друга Си и Хи, делаю шаг вперед. Прямо передо мной открывается дверь, за которой что-то мигает, но выхода у меня нет, поэтому я прыгаю вперед.

В этот самый момент доченьки взвизгивают, а по коридору будто волна проходит — всё на мгновение становится нереальным, а затем — очень ярким. Я даже и не вижу ничего в первый момент, прижавшись к стене. Коридор, в котором я нахожусь, залит светом, поэтому цвет стен я не могу разобрать, малышки мои попискивают от страха, а из яркого света, кажется, надвигается что-то очень жуткое.

Оно движется неспешно, и я закрываю глаза, изо всех сил надеясь на то, что нас не заметят.

Мои надежды, разумеется, тщетны: я слышу чей-то переливчатый голос, осознавая — нас обнаружили, и что теперь будет, неизвестно. Очень страшно думать о будущем, да и ожидать боли, но малышек я, разумеется, прикрываю собой, стараясь защитить.

Мелодичный, какой-то переливчатый голос обретает вопросительные интонации, а я уже прощаюсь с жизнью, не понимая, что меня ждет. И тут что-то легко-легко касается меня, отчего глаза раскрываются полностью, давая мне возможность рассмотреть испугавших меня. Я пытаюсь увидеть их сквозь невозможное сияние, но тут что-то случается, и яркий, режущий глаза свет гаснет, заставив меня облегченно вздохнуть.

Передо мной двое, они на первый взгляд не похожи на надсмотрщиков, или похожи, но не сильно. И еще они пытаются со мной говорить, но я не понимаю их. Двое высоких, но каких-то необычных существ — самец и самочка, при этом кажется, они к разным породам принадлежат. Самочка задумывается, а потом показывает на себя, произнося сразу не понятый мною набор звуков. Сообразить, что она представилась, можно, но я просто не запоминаю этот набор звуков.

Однако самочка не отчаивается, она поводит своими ушками, показывая мне отсутствие страха, и повторяет раз за разом. Наконец у меня получается запомнить, отчего она оскаливается, что в первое мгновение пугает, но я не чувствую ее желания ударить, поэтому успокаиваюсь. Мне кажется, она не хочет плохо сделать, хотя, как такое возможно, я не знаю.

— Ша-а, — легко повторяет она за мной, а потом что-то говорит своему самцу.

Я откуда-то знаю, что этот самец — именно ее, вот как малышки мои, так и он ее. И он сначала не соглашается, покачивая головой, а потом куда-то уходит, но сердитости я не чувствую, значит, он просто так не соглашался и сейчас вернется. Очень интересно на такую брачную игру смотреть, хотя я не знаю, откуда мне известны слова «брачная игра». Наверное, это генетическая память.

Так вот, самец достает ребристый такой предмет, который тоже не страшный ни капельки. Хи и Си при этом тихо-тихо сидят, даже и не думая пугаться. Это, наверное, потому что я не пугаюсь. Оглядевшись по сторонам, вижу, что коридор совсем непохожим стал на тот, в котором Кнопка обнаружилась, и это что-то должно значить. А вдруг мы уже в сказке? Может же такое быть?

— Ты понимать эта речь? — спрашивает меня этот самый предмет, заставляя удивиться.

— Понимаю, — подтверждаю я. — А что это такое?

— Универсальный толкователь речь, — отвечает он мне. — Теперь мы понимание. Надо быть много слов.

Ой, он хочет, чтобы я больше говорила, чтобы лучше меня понимать. Как-то так я представляю сказанное мне, поэтому делаю жест послушания и начинаю рассказывать о нас. Почему-то мне кажется, что эти необычные самец и самка меня поймут. Интересно, откуда я знаю, что она самка, ведь в нужном месте они выглядят одинаково, как надсмотрщики? Впрочем, я решаю подумать об этом позже, а сейчас просто рассказать нашу историю, тем более что Си пора уже кормить, а Хи хотя бы напоить. Моим маленьким не очень комфортно и уже голодно, поэтому они поскуливают.

— Маленькие страх? — спрашивает меня этот предмет.

— Нет, — отвечаю я. — Пить, есть надо, им пора уже.

И тут самец и самочка начинают что-то делать и снова издают странные звуки, очень мелодичные, при этом мне кажется, что отвечает сам коридор, но, наверное, мне это только чудится.

— Мы кормить, — говорит ребристый предмет. — Идти.

Они зовут меня с собой, при этом как-то странно реагируют. У меня вдруг возникает ощущение, что малышки для этих двоих важнее всего. Ну... если мы в сказке, то, наверное, оно так и есть?

Потеряшки

Мария

Судя по всему, выходим мы правильно, что Витя мне подтверждает. Теперь необходимо занять позицию наблюдения, присматривая за просчитанным курсом. Что-то очень меня беспокоит, какое-то странное предчувствие, поэтому я оглядываюсь на друзей. Альеор ободряюще кивает, я же сосредотачиваюсь, анализируя свои ощущения.

— Беспокоит что, Мария Сергевна? — спокойно интересуется командир «Марса».

— Предчувствие странное, — отвечаю ему, все еще пытаясь проанализировать.

— Что это? — удивлённо восклицает Альеор, вглядываясь в экран.

В пространстве промеж помаргивающих красным буёв появляется белёсая дымка. Она приобретает сначала контуры разумного, воздевшего руки вверх, а затем начинает заполнять пространство. Я с трудом давлю желание скомандовать «полный назад», ибо продиктовано оно непонятно откуда взявшимся страхом, а вот дар категорически против такой команды.

— Что, Альеор? — интересуюсь я, внимательно глядя на друга.

— Это флуктуация Испытания, — информирует он меня. — Но она появилась слишком рано, как будто... — тут он задумывается, а я не мешаю.

— Фиксируется приближение крупного тела, — сообщает нам всем разум корабля. — Отражённый сигнал приближается со скоростью ноль-девять.

Субсветовая скорость, значит. Единица у «Марса» — это скорость света, сделано это по традиции, а традиции — основа Флота. Весь Флот на них стоит и инструкциями погоняет. Впрочем, я отвлеклась. К нам приближается на субсветовой скорости что-то массивное, при этом, судя по всему, идет по прямой. Буи активируются, посылая сигнал, я же настораживаюсь, и в этот самый момент мы видим объект на экранах.

Первая ассоциация, возникающая при взгляде на неизвестный пока корабль, — древний кирпич. Выглядит именно так, при этом поверхность изрыта меткими попаданиями метеоритов или чем-то подобным. Чужой звездолет не излучает, на буи не реагирует и кажется неуправляемым. Летит он, игнорируя любые правила навигации, явно собираясь воткнуться в дымку флуктуации.

Едва лишь коснувшись белесого тумана, «кирпич» принимается выбрасывать из себя что-то, при этом я не сразу догадываюсь, что именно, а командир «Марса» уже в работе, ибо из неизвестного корабля вылетают тела. Шансов на то, что хоть кого-то удастся спасти, нет, но просто висеть и смотреть мы не можем.

— Спасательная операция! — командует он. — Собрать тела, попытаться ревитализировать.

— Вы это умеете? — удивляется У-ан, колыхнув в удивлении щупальцами внутри своего скафандра.

— В принципе, да, — вздыхаю я. — Но тут

шансы очень малы, исчезающие просто. Мы просто не можем ничего не делать.

— Наблюдаю отстрел малых кораблей, — сообщает нам «Марс».

— Сканирование! — приказываю я, потому что инструкции пишут кровью, а это могут быть и брандеры, и вообще что угодно.

— Прогноз по телам негативный, — слышится голос главы спасателей. — Существа были убиты задолго до попадания в Пространство.

— Взрослые существа? — спрашиваю я, помня о детской капсуле.

— Спасательные капсулы пусты, — прерывает меня «Марс». — Вынужден...

Голос его на мгновение прерывается, а вот экран демонстрирует нам ребенка. Девочка лет восьми, очень на Аленку строением тела похожая, то есть кошачьи ушки, строение носа, черты лица. Есть и отличие — руки устроены чуть иначе, имеются когти...

— Развитие тела соответствует десяти годам человеческого ребенка, — не дожидаясь вопроса, сообщает Вэйгу, разум медицинского отсека.

— То есть дети... — вздыхаю я, понимая, что даже погрузиться глубже мы не сможем.

— Мы задели флуктуацию, — друг обращает мое внимание на этот факт. — Возможны разные.... Случаи.

— Что ты имеешь в виду? — не понимаю я.

— Мы вошли в Испытание, — произносит Альеор. — Значит, стали частью его. А испытывается именно разумность, значит, на корабле может произойти что-то, что поставит, как вы говорите, знак вопроса.

— Боевая тревога, — немедленно реагирует наш командир. — Обо всех сложных случаях или находках сообщать незамедлительно!

— Принято, — отвечает мне Виктор, слушая доклады различных служб.

Я чувствую — уже что-то произошло, но доклада об этом нет. Возможно, просто не заметили... Наверное, надо будет опросить каждую службу в отдельности. Кстати...

— Витя, а что делают практиканты? — интересуюсь я.

Командир «Марса» кивает мне в ответ, показывая, что мой вопрос был услышан, но пока не отвечает — идет по списку служб. Мотива нарушать инструкцию у него просто нет, поэтому он только учитывает необходимость опросить поподробнее своих гостей.

— «Марс», — обращаюсь я к разуму звездолета, — перечисли все запросы к тебе за последний час, кроме рабочих.

— Запросов не поступало, — отвечает мне «Марс». — За последний час ко мне обращались технические службы и группа Контакта с запросом универсального переводчика.

Стоп! Универсальный переводчик нужен при контакте, но у нас-то контакта точно не было. Есть вероятность, конечно, что мальчики и девочки о чем-то поспорили, но маленькая — мы не играть выдвинулись, так что, на мой взгляд, надо уточнить.

— «Марс», с каким обоснованием и кто именно запросил? — интересуюсь я у разума звездолета.

— Обоснование: поиск взаимопонимания, — огорашивает меня «Марс». — Запросил Василий Винокуров.

Вот тут моя челюсть просто отваливается. Вспоминаются и папины слова, и мое предчувствие, и... Но как Вася оказался тут? Как это могло получиться и где сейчас Лада? Они же поодиночке не встречаются! Неужели сын — часть испытания? В рубке сейчас тишина просто абсолютная, но меня уже ведет мой дар.

— «Марс»! Приоритет решений Василия Винокурова, кроме покидания корабля, — приказываю я, потому что доверяю сыну, а если он часть испытания, то быть в результате может что угодно. А выловленные нами трупы — в основном дети, так что... ну и кажется мне — так правильно.

— Приоритет подтвержден, — отвечает мне корабельный разум. — Второй радиальный полностью запрещен к посещению.

— Вот как... — я чуть дар речи не теряю.

Пожалуй, это можно считать фактом — сынуля кого-то встретил, при этом, возможно, это боящийся взрослых ребенок. Может быть, и не один, именно поэтому Вася опасается звать на помощь. И я сдерживаю свое волнение.

Когда-то очень давно двое взрослых людей показали нам с сестрами, каким должен быть папа, какой — мама. Поэтому я доверяю сыну, надеясь на то, что он не навредит неизвестному. Я, разумеется, не стану аргументировать тем, что «взрослые знают лучше», у нас это неприемлемо. А вот дети — они превыше всего. Им надо верить, как и они верят нам. Так что остается только ждать.

Василий

Как-то быстро все происходит, я и сообразить не успеваю. «Марс» по какой-то причине не выдает нас, будто даже игнорируя наше существование, чего быть не может даже теоретически — мы дети. Значит, тут есть какая-то тайна или же... Или мама предусмотрела? Но долго раздумывать у меня не получается — звучит сигнал боевой тревоги.

— Объявлена спасательная операция, — сообщает нам «Марс».

— Пойдем, — вдруг говорит мне Ладушка моя. — Я чувствую, нам надо.

— Надо, тогда пойдем, — улыбаюсь я, думая о том, что милая вполне могла раскрыть в себе еще один дар, учитывая ее сохранившиеся страхи.

— Ты самый лучший... — шепчет мое солнышко, и я, разумеется, обнимаю ее.

Штормит ее, конечно, но я знал, что так будет, поэтому и не волнуюсь слишком сильно. Сейчас моей милой надо побольше тепла и заботы, поэтому мы всегда вместе. Впрочем, мы и так почти всегда вместе, почти с самого начала, потому что Ладушка у меня чудо просто.

Мы выходим в радиальный коридор, идущий

вдоль дверей в служебные помещения. Освещен он сине-белыми лампами, что нас обоих не беспокоит, хотя с желтым светом мне комфортнее. Стены тут темно-зеленые, как и везде на военном звездолете, поэтому взгляд на них не останавливается.

Я обнимаю прижавшуюся к моему плечу Ладу, поглаживая ее по руке, а сам размышляю о все том же — сдаваться или нет? Раз у нас спасательная операция, то и мы на что-то сгодимся, обратно точно не пошлют, так что уже вроде бы и можно, но... Что-то не дает мне это сделать, какое-то внутреннее ощущение.

И вот тут Ладушка моя вдруг тихо вскрикивает, останавливая меня. Я разворачиваю ее к себе, быстро ощупав, но милая моя на это не реагирует — она всхлипывает, показывая рукой куда-то мне за спину. Я оборачиваюсь и вижу... Сначала даже не соображаю, что именно, потому что голова не готова принять эту картину.

— «Марс»! — тоненьким голосом зовет Лада. — Измени спектр света на желтый и притуши его в три раза.

Ответа не следует, но на коридор опускается полумрак, а я замечаю — наши... хм... гости медленно открывают глаза. Я вижу детей младше нас. Они отличаются от нас, но это точно дети, только почему-то совсем неодетые. Девочка постарше, похожая на Аленку и ее сестер из-за ушек, держит в зубах и частично руками двоих детей помладше. Наш свет ее ослепил, наверное...

— Привет! — улыбаюсь я ей, не показывая зубов, как мама учила, а неизвестная девочка в ответ только жалобно скулит.

— Она их мама-кошка, — произносит Ладушка. — И еще она нас не понимает. — Она тыкает в себя пальцем: — Лада!

Мама-кошка? Очень странно мне именно такое наименование, но не доверять мнению Лады я просто не умею. А она пытается научить неодетую девочку с двумя малышками звучанию ее имени. У Лады сразу не выходит, но взамен мы узнаем, что старшую девочку зовут Ша-а, при этом она нас не боится вроде бы, потому что мы не похожи на ее врагов.

— Мы похожи, на самом-то деле, — вздыхает Ладушка, — особенно ты, но мы дети и для нее нестрашные, понимаешь?

— Понимаю, — киваю я, задумавшись на мгновение. — Я принесу переводчик.

— Спасибо, Васенька, — произносит моя

милая, пытаясь наладить общение с... будущими друзьями?

Я двигаюсь в каюту, пытаясь вспомнить, надо ли универсальный переводчик запрашивать или он просто есть в каютах. Вспомнить не получается, поэтому я переадресую вопрос «Марсу».

— Запрошенный прибор ожидает в каюте, — отвечает мне разум корабля.

— Спасибо! — радостно благодарю я его, затем задумавшись о словах Лады. — Пожалуйста, закрой второй радиальный, чтобы наших гостей не напугать. Для них люди очень страшными могут быть.

— Принято, — слышу я, поэтому спешу в каюту.

Гости и правда на кошек похожи, хотя, по-моему, тело у них вполне человеческое, только окраска разная. Старшая девочка от плеч до коленей примерно покрыта черными полосами, идущими то чаще, то реже, а младшие имеют ровный окрас, насколько я успел заметить. Надо, наверное, сдаваться и звать на помощь взрослых, но вот как это сделать, если они страшными могут быть?

— Подтвержден приоритет распоряжений Василия Винокурова, — сообщает «Марс», заставив удивиться так, что куб переводчика я беру, находясь уже в глубоких раздумьях.

Получается, разум корабля о нас рассказал и мама показывает мне тем самым свое доверие? А я? Ой, стыдно-то как... Выходит же, что я маме не доверяю! Неудержимо буквально заплакать хочется, но я держусь, потому что она всегда говорила: «Сначала дело». Поэтому я возвращаюсь к Ладе уже с переводчиком в руках.

— Мама знает, что мы тут, — отвечаю я на невысказанный вопрос.

— Не расстраивайся, — просит меня Ладушка. — Сначала дети... Ну... Еще... — и тут до меня доходит, на что она намекает.

— Марс! Трансляцию отсюда в рубку! — приказываю я, проверяя тем самым, насколько широки мои полномочия.

— Трансляция включена, — отвечает мне разум звездолета. — Молодец, хорошее решение.

И я улыбаюсь от похвалы, потому что «Марс» — это взрослый, опытный квазиживой, и похвала его стоит очень дорого. Ну, мне так кажется. Ладушка моя кивает, значит, тоже считает, что все сделано правильно. Ее мнение и одобрение мне тоже очень важно, как и ей мое. Так что теперь можно выдохнуть и договариваться.

— Ты понимаешь меня? — интересуюсь я после первичной настройки прибора.

— Понимание положительно, — отвечает мне он, интерпретировав ее шипение с примуркиванием. — Что этот предмет?

— Это универсальный переводчик, — я с трудом, но понимаю, что она сказать хочет. — Мы теперь поймем друг друга, только ему нужно больше слов.

Ша-а на мгновение ложится на пол, а потом начинает свой рассказ. Переводчику явно не хватает слов, но даже то, на что хватает... Выходит у меня, что девочка считает себя мамой малышек, потому что ее маму уже убили. При этом их держат в клетках страшные существа, делают больно и выкидывают в Пространство. Даже представить такое сложно, а Лада сейчас точно плакать будет. Но тут малышки начинают жалобно скулить, поэтому Ладушка моя останавливает Ша-а.

— Малышкам страшно? — спрашивает моя милая.

— Еда, питье, маленький возраст, надо, — отвечает девочка.

— Марс! — сразу же реагирую я. — Нам надо их покормить, но мы не знаем, что им можно, как быть?

— Веди их в столовую твоего уровня, — слышу я голос тети Леры. — Мы сейчас определим, что им можно, и подсветим на синтезаторе блюда. Пусть решает Лада.

— Спасибо! — обрадованно улыбаюсь я, понимая, что мы точно не одни. — Пойдем с нами, мы вас покормим, — прошу я Ша-а, нажав сенсор автопереводчика, мгновенно выдавшего звучное мурлыканье.

Знакомство

Ша-а

Они очень легко показывают нам спину, значит, выходит, доверяют. Мы совершенно точно в сказке, потому что эти странные самец и самочка, они нам верят, сразу готовы накормить и еще не пытаются коснуться. Я бы хотела, на самом деле, чтобы погладили, как делала Хи-аш, но не знаю, принято ли это у них. Хи готовится совсем расхныкаться, потому что она маленькая очень, меньше Си, и не умеет сдерживаться.

Коридор кажется бесконечным, но я не ропщу, хотя мне не очень просто идти — задние конечности устают, а передняя уже совсем болит, ведь второй я малышек придерживаю. Но я не жалуюсь, почему-то веря в то, что не обманут. Интересно, а почему я верю? Наверное, потому что они не надсмотрщики. Не побили же сразу, хотя мне кажется, еще прошлое не полностью зажило — но когда это их интересовало?

Справа с тихим, мягким каким-то, даже ласковым шипением раскрывается проход, в который, насколько я понимаю, мне и нужно. Свет там сначала очень яркий, а потом, после команды самочки, он становится таким же, как в коридоре, и я вижу странные предметы. Обратившись к генетической памяти, я таких же не нахожу, хотя вот эта плоская штука на самом верху, кажется, зовется «стол», только я до него не допрыгну.

И тут он уменьшается, спускаясь ко мне. Я вижу на нем предметы, которые узнаю, хоть и не видела никогда. Это «миски», и в них налито что-то белое. Я принюхиваюсь — пахнет незнакомо, но притягательно. Решаюсь лизнуть и просто захлебываюсь слюной — такой необыкновенной вкусной еды я никогда не пробовала. Только память хранит какое-то смутное воспоминание.

Хочется накинуться и выхлебать все, но первыми надо накормить малышек. Только они не умеют лакать, я тоже, на самом деле, но мне память немного помогает, а у них же совсем плохо. Жалко, что я еще пока не совсем Хи-аш и не знаю ответов на все вопросы. Надо попробовать покормить Си, у нее память активна, может быть, получится.

— Ты иметь проблема? — спрашивает меня самочка.

Я поднимаю голову, чтобы увидеть тревогу в ее глазах, испытывая затем чувство благодарности — она не лезет, а сначала спрашивает. Надсмотрщики сразу бы начали бить, поэтому малышки легко пугаются, и я тоже...

— Си и Хи не умеют лакать, — объясняю я самочке, надеясь на то, что она может решить эту проблему.

И действительно может! Она куда-то уходит, а потом приносит два белых цилиндра, у которых на конце есть поильник, только мягкий, а не твердый, как у нас был. Самочка показывает мне, что нужно сунуть поильник в рот малышке, но держать цилиндр вертикально.

— Разрешать помогать? — как-то очень жалобно спрашивает меня самочка.

Я даже не знаю, что сказать, поэтому обращаюсь к Хи. Малышка еще ничего не понимает и пугается всего одинаково, а вот Си в чужих руках может от страха... Я объясняю Хи, что эта самочка только покормит ее и вернет, Си удивленно смотрит на меня, но затем кивает, для нее же все, что я делаю, априори правильно.

— Покорми, только осторожно, — я протягиваю Хи этой странной самочке и замираю.

У нее совершенно точно есть свои маленькие, я вижу это по тому, как уверенно она берет малышку, поворачивая на спинку, но так, что той очень удобно, и Хи даже обнимает цилиндр конечностями. Я смотрю на это, понимая, что Си так будет удобнее. Осторожно взяв доченьку, я повторяю движения самочки, а Си начинает есть с такой жадностью, как будто две смены еды не питалась. Спустя мгновение я слышу звук, который раньше не слышала никогда, — мои малышки урчат.

Этот звук, означающий действительно сказку, я только помню, а слышать мне его не доводилось совсем никогда. Самочка же принимает его как должное, растягивая губы и поглаживая животик Хи. Я понимаю, почему она так делает — наверное, просто не умеет вылизывать. Сейчас маленькие уснут после очень вкусной еды, которую никто не ограничивает, и я смогу поесть.

Мне кажется, что все происходит во сне, потому что такого просто не может быть, но нас действительно не бьют и кормят. А раз так, то значит, мы в сказке моей Хи-аш и все плохое закончилось. Поверить в это почти невозможно, но тут происходит что-то еще более нереальное: в комнату влетает что-то круглое и опускается на пол передо мной.

— Это место сна, — говорит мне самец через ребристую штуку. — Маленькие спать, ты видеть.

Ой... они подумали о том, чтобы малышек в одно место уложить? «Место сна» кажется мне «облаком» из рассказов Хи-аш, представляясь очень мягким, как ее живот, когда я была еще маленькой.

Малышки мои зевают, засыпая во время еды, чего не было вообще никогда, а я трогаю поверхность «места сна». Действительно, очень мягко, как... даже сравнения нет. Немного поколебавшись, я все же укладываю туда Си, сразу же начав вылизывать, потому что ей это очень нужно. Затем вылизываю Хи, уже крепко спящую, и возвращаюсь к своей еде.

Я, разумеется, посматриваю за детьми, но на душе моей спокойно. Не потому, что я легко доверяюсь, вовсе нет, просто мы же во власти этого самца и самочки, а они с нами что угодно могли уже сделать! А вместо того чтобы принести боль, чтобы принудить меня к спариванию, они нас кормят. Значит, им можно верить.

Доев, я решаю довериться полностью, поэтому залезаю в круглую штуку сама, укрыв собой малышек. Если я неправа, пусть больно будет мне, а не им. Думая так, я уже закрываю глаза, но в этот момент откуда-то сверху спускается что-то мягкое и нежное какое-то. Мои глаза резко раскрываются, позволяя увидеть какой-то необыкновенный покров, закрывший нас троих ото всех. И тут я понимаю...

Самец и самочка решили доказать мне, что им можно верить, поэтому укрыли этим необыкновенным покровом. Ведь если есть какой-то покров, то больно точно не будет, так мне говорит память моих предков. И я... я тихо, чтобы не разбудить малышек, плачу. Я плачу, потому что теперь уже точно можно, и больно не будет. Теперь уже будет ровно так, как она мне написала — много еды, добрые руки сказочных существ, и никогда больше не станет больно. Мне нужно научиться правильной жизни в этом необыкновенном мире. Но самое главное не это, самое главное — никогда не будет больно, меня не заберут у малышек злые надсмотрщики, потому что мы больше не в тюрьме. Тюрьма исчезла, растворилась в небытие, когда я нажала Большую Синюю Кнопку, ее больше никогда не будет. И я верю, изо всех сил верю, роняя слезы...

Мы оказались в сказке моей погибшей Хи-аш.

Мария

Сынок о трансляции все-таки догадался, молодец. Сначала Лада, умница, поинтересовалась тем, что можно неизвестно как оказавшимся на корабле гостям, затем вот сынок... Такой вариант Контакта, по-моему, вообще не рассматривался никем и никогда, потому что группа Контакта — дети, но и те, с кем они ведут диалог, тоже.

— Девочка Ша-а, — сообщает ведущий удаленное сканирование Вэйгу. — Ориентировочно восемь-десять лет по развитию организма. Младшие ее ориентировочно год и три соответственно. Старший ребенок сильно избит.

Мы следим за нашими гостями на экране, потому что «Марс» обладает возможностью внутренней трансляции. Финальный взрыв чужого звездолета никого не удивляет и почти не привлекает внимания, потому что все выловленные нами были убиты до того, как оказались в Пространстве, и спасти не удалось никого. Но вот похожие на Ша-а дети имеются, именно поэтому мы можем сейчас точно сказать, что им можно, а чего нельзя.

— Метаболизм без особенностей, — делает вывод Вэйгу. — То есть кормить можно чем угодно.

— Тогда я предлагаю подсветить молоко и жидкие каши, — вносит свое предложение Лерка, на что я киваю, а мы в это время смотрим и слушаем.

— Девочке трудно двигаться, — замечает Танечка. — Видите, рефлекторные движения?

— Или не привыкла двигаться, — произношу я в ответ, — или следствие избиения... Вся ж полосатая!

— А Вася, наверное, решил, что это окрас такой... — вздыхает Таня.

Она права, сынок такое себе даже представить не сможет, в отличие от нас. Несмотря на прожитые годы, мы все помним. Ничего мы не забыли, особенно то, каким чудом оказался для измученных детей наш папа. Вот только выходит у меня, что мы очень на мучителей похожи, отчего Ша-а с детьми может никого из нас не принять.

Вариант, который я обдумываю, сводится к отмене основной задачи и возвращению, вот только нельзя так поступать. В альтернативной реальности могут быть наши дети, и найти их необходимо. Кроме того, теперь уже важно понять, что случилось с котятами и их кораблем. За что мучили детей? На этот вопрос простого ответа тоже не будет. Значит, возвращаться мы пока не будем...

— Лада, малышкам детские бутылочки выдай, — советует Лера, заставляя меня выплыть из мыслей.

— Что случилось? — интересуюсь я.

— Малышки лакать не умеют, — объясняет она, — их мама, которая сама еще ребенок, просто не знает, как накормить детей. У наших опыта тоже маловато.

— Да я бы не сказала, — хихикает Таня, показывая на экран.

Лада довольно уверенно кормит котенка из бутылочки. Интересно, почему Ша-а доверила именно младшую? Возможно, ответ в том, что та не испугается по какой-то причине чужих рук, тогда как старшая из младших может просто не принять еду не от «мамы». Что-то подобное Аленка говорила.

— «Марс»! — командую я, вспомнив о том, что малыши после кормления, скорее всего, спать захотят. — Детский манеж-кровать круглой формы в столовую к детям.

Сестренки мои кивают, командир звездолета помалкивает, как и остальные офицеры. Пожалуй, самый необычный Контакт, хотя на деле — это не Контакт, а оказание помощи, как у папы было, у братьев наших, да и Сережка-младший тоже отличился, но поняв, что сам не тянет, не стал ни на чем настаивать.

Девочка Ша-а реагирует с удивлением, я же размышляю. Пора принимать решение, ибо смысл нашего видения тут полностью отсутствует.

— Альеор, — обращаюсь я к другу, — малышки не исчезнут, если мы продолжим путь?

— Нет, Мария, — он делает жест отрицания. — Они, конечно, наше испытание, но возвращаться им просто некуда.

— Тогда... Витя, — я поворачиваюсь к командиру «Марса». — Командуй продолжение пути.

— Понял, — кивает он. — Трансляцию перевести на вспомогательный экран, приготовиться к скольжению.

— Готовность семь минут, — реагирует разум корабля.

Сыплются доклады по связи, на что Виктор удовлетворенно кивает — любит он свою работу, как и мы все. Теперь команда делает свое дело, а я спокойно смотрю на экран. Явно наслаждавшаяся едой Ша-а залезает затем в манеж, разворачиваясь так, чтобы прикрыть малышек собой. И тут мне вспоминается даже не мама — Настя. Она себя поначалу похоже вела, так что, выходит, и случай у нас аналогичный.

Засыпает девочка спокойно, а я, убедившись, что она спит, резко встаю со своего места, чтобы двинуться в сторону второго радиального коридора. Во-первых, по инструкции его положено обследовать, во-вторых, мне нужно детей своих поддержать.

— Регистрация, — слышу я за спиной, улыбнувшись: Витя у меня умница. — Практиканты, взошедшие на борт, имеют полный доступ вне возраста.

Это доверие командира корабля. Очень серьезное доверие, ведь Вася и Лада — дети. Они двенадцатилетние дети, и наша задача не только защитить их, но и помочь сделать шаг. Раз уж так вышло — обязанность всех взрослых им помочь. Мы зовемся разумными очень не зря, а разум это не пушки и двигатели, это совсем другое.

— Группе Контакта обследовать второй радиальный от отметки семь, — приказываю я, ибо инструкции кровью писаны. — Вход в столовую уровня запрещен.

— Понял вас, — получаю я подтверждение старшего группы десанта. С недавних времен нас и они сопровождают на всякий, значит, случай.

Вот, теперь я все учла, можно и к детям поспешить. Раз Вася оказался на «Марсе», и Лада с ним, то, скорее всего, виноват в этом дар сына. А с дарами не спорят, я это очень хорошо знаю. И Вася знает, что я знаю, — то есть поговорить нам надо.

Подъемник уносит меня на три уровня «вниз». Понятие «низ» на звездолете было бы очень сложным, если бы не гравитатор, а так всем проще. Особенно детям, ибо им привыкнуть к изменяемому вектору сложно. Кстати, выходит, на «кирпиче» тоже гравитатор был, иначе Ша-а двигаться не смогла бы. А вот это уже интересно, потому как гравитатор предполагает уровень развития, и настолько дикие существа могут стать угрозой разумным. Надо будет это учесть.

Выхожу в коридор, темно-зеленый, как и положено — военный же корабль у нас. Я иду вдоль стены, раздумывая о том, что встреча с детьми другой расы в этот раз — испытание наших детей, а возможно, и всего Человечества.

Странное Испытание, если подумать, ведь дети для нас превыше всего, иначе быть не может.

Вот и двери в столовую, по приказу о блокировке закрытые. Сейчас я отдам команду, и детям внутри поступит сообщение о том, что их хотят видеть. Здесь у нас приоритет Лады и Васи. Захотят — пустят, а нет — так нет. Я набираю воздух, и...

Поддержка

Василий

Негромко жужжит дверь, сообщая о желающем войти, и я задумываюсь о том, кто это может быть. С одной стороны, именно это жужжание может означать, что коридор и столовая действительно закрыты. Учитывая, что милой моей ответили и тетя Лера, и тетя Таня, мама уже в курсе. А раз она в курсе, то вполне может прийти. Я переглядываюсь с Ладушкой — она чуть улыбается, и тогда я решаюсь.

— Открыть двери, — негромко командую я, готовясь к неизбежному.

— Здравствуйте, дети, — ласковая улыбка

мамы дарит уверенность в том, что ругать не будут. Выходит, она поняла?

— Ой, тетя Маша! — радуется Ладушка моя. — А у нас тут котята, испуганные очень и голодные, кажется.

Мама сразу же обнимает ее, а затем и меня, отчего на душе становится спокойнее. Именно мамина поддержка мне дарит уверенность в правильности всего сделанного; кроме того, она, похоже, поняла.

— Дети, котята маленькие очень, — сообщает нам ставшая серьезной мама. — Старшая, которая Ша-а, сильно избита, полосы...

— Ой... — всхлипывает Лада. — Тогда заживлялку надо!

— Осторожно, — кивает мама, протягивая тюбик моей милой. — Очень ласково, а то проснется — и кто знает...

— Она на Васю реагирует, — объясняет Ладушка ей. — Мучители были на него похожи, а на меня нет. Значит, взрослых...

— Испугаться может, — соглашается мамочка. — Тогда так и оставим пока. Нужно бы их обследовать, попробуйте уговорить.

Я киваю, потому что мысли у меня есть, а мама объясняет, что мы сейчас уже члены группы

Контакта, поэтому наши указания приоритетны. При этом она милую мою снова удивляет, не говоря о том, что баловаться не надо. Лада родилась в очень страшной цивилизации, дикой до невозможности, поэтому у нее старые страхи иногда лезут. Оттого и пугается моя хорошая, самая-самая лучшая на свете девочка. Папа уверен: время решит, и ее папа то же самое говорит.

Мама рассказывает нам о том, что больше никого спасти не удалось — их убили, а корабль взорвался. Значит, Ша-а с котятами уцелели только чудом, а что это такое было, еще собираются устанавливать, как и искать ответ на вопрос, почему она на четвереньках ходит, при том что строение ног у нее вполне человеческое. Я понимаю: нам нужно очень много ответов найти, при этом не напугать и постараться сделать так, чтобы мама-кошка, которая младше нас, приняла окружающую реальность.

Ладушка, по-моему, чувствует это лучше меня, ведь начало ее жизни не самым солнечным было, и то, что для меня само собой разумеется, для нее — чудо. Наверное, поэтому она так себя ведет, ведь я и представить себе не могу, через что любимая моя девочка прошла.

Мама уходит, пожелав нам удачи, потому что у нее много дел, но я осознаю очень хорошо — мы не одни. И даже тот факт, что меня привел на «Марс» мой дар, уже очень важен. Думаю, поэтому разум корабля нам не мешал. Что же... Значит, судьба такая.

Лада выдавливает на ладонь крем-заживитель, очень мягко и ласково промазывая Ша-а, отчего та начинает издавать звуки, на урчание похожие, а я вижу, что полосы, принятые мною за окрас, бледнеют, что означает — мама права. Она, правда, всегда права, и я давно к этому привык, но вот видеть своими глазами свидетельство жестокости по отношению к ребенку... И ведь Ша-а ничем не выдала, что ей больно, она защищала своих котят. И пусть по возрасту они не ее биологически, но... Они ее котята, я очень хорошо вижу это.

Ша-а, что любопытно, не просыпается, а только издает тихие звуки, которые не фиксирует автопереводчик. Ладушка моя улыбается, значит, что-то чувствует, надо спросить, что именно. А пока я просто любуюсь ее мягкими движениями, после чего, не выдержав, подхожу сзади, чтобы обнять.

— Ты знаешь, она меня ассоциирует с той

кошкой, что заботилась о ней, — произносит моя милая. — Только Ша-а не воспринимает ее именно мамой, скорее опекуншей. А котята принимают ее именно мамой, и это очень необычно.

— Значит, будем много разговаривать, — улыбаюсь я ей, обратившись затем к разуму нашего звездолета: — «Марс», можно переводчику ресурсов добавить?

— Язык котят расшифрован, — отвечает мне «Марс». — Рабочая копия загружена в универсальный переводчик.

— Спасибо! — радостно улыбается Ладушка.

Это очень хорошая новость, просто царский подарок — язык расшифрован мощностями корабля, значит, мы сможем говорить спокойно и избежать недопонимания. Я смотрю на мирно спящую Ша-а, думая о том, что поведала мне Лада. Она у меня эмпат, поэтому чувствует очень многое. Вот только, похоже, уже не только эмпат, и это просто очень удивительно. Но милая у меня особенная, значит, и дары ее такие же.

Наш звездолет тем временем смещается в альтернативное пространство. Совсем недавно обнаружилось, что все исчезнувшие по той или иной причине корабли могли оказаться в той ветви реальности, где победили Отверженные. Нам в школе об этом пока очень кратко рассказывали, потому что в среднем цикле будет целый предмет по Отверженным, где нам все подробно расскажут... и, к сожалению, покажут... Но это действительно надо знать и помнить, чтобы никогда-никогда не повторить.

Проблема альтернативного пространства или, как говорит мама, временной линии, в том, что Человечества там нет. Нас убили Отверженные, заключив союз с Врагом, а потом их самих уничтожили разумные. Но вот готовы ли говорить разумные той реальности с похожими на их врагов — тот еще вопрос. Именно поэтому детей брать на борт не предполагалось, но с нами просто так получилось.

— «Марс», пожалуйста, еще один такой манеж в столовую, — просит звездолет моя милая.

— А зачем? — не понимаю я.

— Для нас, родной мой, — улыбается она, потянувшись обнять меня. — Будем вместе жить, спать, и учить.

Вот это, по-моему, очень хорошая мысль, просто великолепная. Я улыбаюсь, думая о том, какое же чудо мне досталось, а Ладушка просто прижимается ко мне, ведь она все чувствует. И мне иногда кажется, что я чувствую ее эмоции, на что мама только улыбается.

Нам по двенадцать всего лет, но мне кажется, что зародившееся в нас чувство — оно навсегда. Но об этом пока рано задумываться, потому что сейчас слово «навсегда» как-то совсем не воспринимается. Мама говорит, не надо об этом думать, вот я и не думаю. Я о Ладушке моей думаю, это намного приятнее.

В столовую вплывает еще один такой же манеж. Он останавливается рядом с котятами, а Лада, тихо взвизгнув от избытка чувств, сразу же устраивается в нем, развернувшись на спину и показав руками «лапки». От этого зрелища я улыбаюсь — ведь очень она у меня красивая.

Мария

Проведав детей, я даю команду на расшифровку языка котят. Всё мы поняли правильно — люди у Ша-а скорей всего вызовут ассоциацию с ее самым большим кошмаром, поэтому пока ею будут заниматься дети. Под нашим, разумеется, присмотром, но мы им доверяем. У нас, правда, забот тоже хватит — мы выходим в альтернативную ветвь реальности.

— Товарищи, — обращаюсь я к офицерам, едва войдя в рубку, — начинаем поиск, в случае встречи с разумными помним: нас могут принять враждебно.

— Помним мы, помним, — тяжело вздыхает Витя, которому не слишком весело от мысли, что, возможно, придется вступать в бой. — Начинаем поиск.

По какой-то причине погружение в прошлое этой реальности невозможно, но мы уже в прошлом. При смещении отмотали еще какое-то количество лет, так что будем просто искать. Главное, помнить — в черных кораблях могут быть наши дети. Прецедент уже есть, правда, в отношении девочек.

Сейчас начинается спиральный поиск, прямо от этой точки, потому что разницы, откуда искать, нет. Действие это довольно скучное, поэтому я перехожу в зал совещаний группы, куда отправились уже и наши друзья. Нужно обсудить, что мы имеем и нет ли в истории котят следов Отверженных. Кажется мне, что я немного на них зацикливаюсь, ведь сама знаю же, что они не одни такие были. Сколько диких цивилизаций мы встречали...

Пройдя по коридору, спускаюсь на два уровня

ниже, все еще пребывая в раздумьях. Правильно ли я поступаю, фактически сбросив котят на Васю с Ладой? Мне кажется, правильно, другого выхода у меня просто нет. Малышки не подпустят к себе никого другого, а дети сами решились, иначе бы позвали на помощь.

— Привет, Маша! — радуется мне Вика, сестренка. — Мы тут с девчонками прикинули... — сразу же переходит она к делу.

— Минутку, — прошу я ее, отправляясь к синтезатору. Очень мне вдруг кофе с молоком захотелось.

Я вынимаю высокий стакан из синтезатора, чуть не мурлыкнув от вкусного орехового запаха, затем подхожу к столу и, устроившись поудобнее, киваю, показывая, что слушать готова. Сестренка от этой пантомимы хихикает, но затем берет себя в руки.

— Цивилизация котят самобытная, дикая, — вздыхает Вика. — При этом у Ша-а наличествуют навыки, которым взяться просто неоткуда, а это значит...

— Генетическая память, — понимаю я. — Да, проблема...

Это действительно проблема — если генетическая память не сохранила одежды и прямохождения, то к ней сразу возникают вопросы. Либо цивилизация из каменного века — так назывался период в Темных Веках, когда человечество едва-едва с деревьев спустилось и из пещер выползло. Либо здесь что-то не так. «Не так» может быть много чего, поэтому выводы делать не спешим.

— Она может быть избирательной, — замечает Леночка. — Или наведенной, а в этом случае...

— Опыты в этом случае получаются, — киваю я, потому что иного толкования быть просто не может. — Ладно, а по генетической структуре?

— Больше всего на наших кошек похоже, — немного задумчиво произносит она. — А меньше всего — на людей. То есть может и искусственность быть, но мы так еще не умеем.

Тут она права, Человечество такого не умеет, да и не будет уже, это неправильно — подменять собой природу. Она за такое дело мстить может очень серьезно. Потому и не принято у нас, а вот Отверженные... У них этических стоп-факторов, насколько я помню, не было, так что все возможно. Но пока сидим спокойно.

— Рубка — группе Контакта, — зовет меня

Витя. — Обнаружен корабль, предположительно «Пирогов».

— Иду, — коротко отвечаю ему.

В том, что меня позвали, чудес нет — это инструкция. А инструкции кровью написаны, потому без острой необходимости их нарушать не следует. Инструкция требует, чтобы в рубке был представитель группы Контакта, вот я туда сейчас и направляюсь.

Мысли перескакивают на сказанное командиром «Марса». Предварительно идентифицированный корабль был не просто звездолетом — это госпиталь. Так называемый «малый», но тем не менее. Пропал он во Вторую Эпоху, еще до расселения, и именно в альтернативном пространстве оказаться никак не мог, если только ему не помогли.

— Что сканирование? — интересуюсь я, едва войдя в рубку.

— Производится, — коротко произносит Виктор. — Ловится телеметрия по древним протоколам. Звездолет пуст.

— Совсем пуст? — уловив недосказанность, спрашиваю я, но в ответ оживает экран.

— Внимание всем! На борту неизвестный

вирус! — слышу механический голос. — Приближаться запрещено.

— Десантную группу на «Пирогов», — прижав пальцем сенсор, приказываю я.

Эту сказку мы знаем. «Неизвестный вирус» — чуть ли не единственный метод отвадить Отверженных, так что вполне могут быть живые. Вот это и проверит наш десант. Помнится, в курсе Истории Человечества говорили именно о таких простых методах отвадить нехороших людей, так что все возможно.

— Отстрелить буй, — командует Витя. — Сообщение на буй — проводится спасательная операция.

— Выполнено, — сообщает разум «Марса». — Десант пошел.

Ребята транслируют нам в реальном времени, поэтому мы много чего видим. Явно побывавший в бою госпитальный звездолет повреждений не скрывает. Побитые люки, вырванная с мясом двигательная установка — и ничего больше. Одно понятно: не работает гравитатор, ибо картины плавающих по коридорам полуразорванных трупов...

— Галерею и медиков, срочно! — выкрикивает

командир группы, демонстрируя нам свою находку — ряды замороженных тел в капсулах.

— Боевая тревога, — реагирует командир «Марса». — Квазиживым принять меры к эвакуации возможно живых.

— Галерея... — отзывается вахтенный офицер, начиная сложную работу по стыковке неуправляемого корабля к нам.

Тут я сейчас буду только мешать, поэтому молчу. Я уверена — десант выдернет и блок протокола, и вообще всю возможную информацию. Очень скоро мы будем знать, и кто там, и что произошло, а пока мне нужно запастись терпением.

— Опасность для жизни ребенка! — это уже посерьезнее боевой тревоги. Будто в ответ, все ускоряется, даже я в первый момент вскакиваю, но затем опускаюсь в кресло, ибо я там буду только мешать.

Безусловный сигнал тревоги, самый важный, самый приоритетный заставляет все аварийные группы работать в едином порыве. Опасность для жизни ребенка. Есть ли на свете что-то страшнее этого сигнала?

Приключение

Взаимопонимание

Ша-а

Я просыпаюсь медленно, ведь мне снилась моя Хи-аш. Во сне она была со мной, говоря о том, что теперь все будет хорошо, а потом она меня гладила. И вот я открываю глаза, пытаясь понять, что изменилось. Что-то точно изменилось, но вот сразу определить этого я не могу.

Малышки еще спят, правда, скоро проснутся и они, тогда я вылижу их, и надо будет обязательно чем-то покормить. Надеюсь, самец и самочка все еще будут добрыми и голодать не придется. И вот теперь, подумав о них, я вдруг понимаю, что изменилось: мне не больно. Как будто сказочная еда или приснившаяся мне Хи-аш полностью избавили даже от старой боли. Желая проверить это, я поднимаю голову, осматриваясь.

Того, что я вижу, совсем не может быть, ведь на мне нет следов. Совсем никаких следов нет, как будто и не было никогда, при этом ничего не тянет, не колет, как будто я действительно умерла, возродившись в сказке, как Хи-аш говорила. А еще — рядом совсем такая же лежанка находится, и в ней самочка спит. Она лежит в позе полного доверия — открыв животик, а ее самец при этом защищает... У него поза такая — защитная.

— Проснулась? — негромко спрашивает меня ребристая штука. — Сейчас поесть хочешь или когда малышки проснутся?

И тут я дар речи теряю, потому что так со мной никто еще не обращался, даже Хи-аш. Чтобы кого-то интересовало мое мнение, да еще в вопросах питания... Невозможно! Но вот же оно, поэтому я усаживаюсь, задумавшись. Мне ответ надо сформулировать, а я не знаю, какой правильным будет. Вдруг самец делает жест такой, странный, но не угрожающий.

— Наверное, тебе одежда нужна, — говорит этот загадочный самец.

— А что такое «одежда»? — удивляюсь я, потому что такого слова не знаю.

И вот теперь он мне начинает рассказывать об этом самом слове. Ну то, что «одежда» покрывает меня, защищает и не разрешает побить или еще как-то больно сделать. Звучит совершенно сказочно, поэтому я только и могу что кивнуть.

Тут просыпается самочка, и я вдруг вижу, как именно самец к ней относится. Увидев, как он обращается со своей самочкой, я даже слов не могу найти, чтобы это описать. Как будто в его руках нечто настолько бесценное, что и рассказать об этом невозможно. Как будто она его котенок... И самочка отвечает ему такими эмоциями, что мне хочется просто плакать, ведь у меня такого никогда не будет.

И вот стоит мне так подумать, как самочка, имени которой я не запомнила, тянется ко мне, чтобы погладить. Но как будто этого мало, ее самец делает ровно то же самое. И они гладят меня промеж ушек так ласково, как будто они мои... близкие?

— Почему вы так делаете? — спрашиваю я, хотя спросить хочется что-то совсем другое.

— Потому что это ты, — немного непонятно

отвечает мне она, и мне становится как-то тепло очень от ее ответа.

— Ваша штука стала лучше говорить, — говорю я, чтобы что-то сказать.

— Это потому, что другие «люди» помогли нам лучше тебя понимать, — объясняет мне самец.

Он еще рассказывает о том, что на этом «звездолете» есть еще похожие на них обоих существа, но они сюда не придут, чтобы не пугать ни меня, ни котят, и от этого рассказа я себя чувствую просто необыкновенно, ведь такого просто не может быть — для кого-то важно, чтобы я не пугалась!

Самочка встает, отходит куда-то в сторону, возвращаясь затем ко мне. Она протягивает мне что-то странное, выглядящее совершенно непривычно. Моя генетическая память молчит, поэтому я не знаю, что делать, а она вздыхает и снова меня гладит.

— Это называется «трусики», — произносит самочка. — Они тебя защищают спереди и сзади. Надевать их надо так...

Она натягивает странный покров мне на ноги и поднимает вверх до самого сочленения, действительно закрывая то самое место, которому делают больно злые надсмотрщики. Я уже хочу ее поблагодарить, но оказывается, что это не все. На меня очень бережно надевают еще один покров, защищающий тело вторым слоем. Это называется «платье». И я чувствую себя в безопасности, как никогда прежде. Ой, а малышки?

— А для малышек будут комбинезоны, — объясняет она мне, показывая две шкурки без головы. — Они позаботятся и о туалете.

Эту фразу я не понимаю, но она мне объясняет, и вот тут до меня доходит — шкурки будут малышек внутри себя вылизывать, а мне, выходит, только голова достанется для вылизывания. Значит, маленькая Си не будет плакать, если не почувствует или не успеет к ведру. Это... это просто сказочно!

Тут просыпаются и маленькие мои. И вот я опять вижу, насколько они важны, потому что для них сразу же появляются два цилиндра с едой. Меня спросили, когда я поесть хочу, а им сразу выдают, как будто точно знают, что малышки после сна голодные. Я-то знаю, что это так, но вот эти сказочные самец с самочкой откуда?

— Сейчас все поедят, — растягивает губы та, о ком я сейчас думала, — а потом поговорим.

— Бояться не надо, — добавляет самец. — Все плохое уже закончилось.

И я, я ему верю изо всех сил. Просто очень-очень верю тому, что все плохое закончилось, больше не будет больно и голодно тоже. А пока я получаю миску с чем-то густым, а переглянувшиеся сказочные существа смотрят на меня очень по-доброму, не позволив лакать.

— Ты пока не умеешь пользоваться ложкой, — произносит самочка. — Поэтому Лада покормит. Ну-ка, открывай ротик.

Она так ласково это произносит, что мне хочется послушаться. Миг — и в моем рту оказывается густая масса, которая легко глотается, при этом у меня нет ощущения, что меня отравить хотят. Эта масса очень вкусная, я ничего подобного в жизни точно не пробовала.

— Эта еда называется «каша», — угадав мой вопрос, произносит она. — Она дает возможность работать желудку и дарит силы.

Я ем из ее рук сказочное блюдо, понимая, что эта самочка, имя которой я, кажется, запомнила, теперь моя Хи-аш. И ее самец тоже. Это очень необычно, потому что у меня самой уже котята есть, но я почему-то абсолютно уверена — их не заберут. Наверное, в сказке так положено, чтобы у каждого была своя Хи-аш?

Я надеваю новые покровы на наевшихся малышек, вылизывая их, конечно, перед этим, а обе мои хорошие негромко урчат. Это значит, что они счастливы и хорошо себя чувствуют. Ну еще — обеим совсем не страшно, как и их маме, ведь мы в сказке.

Мы в самой настоящей, невозможной, нереальной сказке, которую даже представить очень сложно. Но мы действительно здесь, и я верю — так будет всегда. Я верю своим нежданным Хи-аш, потому что как же можно им не верить?

Василий

Задача, поставленная перед нами мамой, мне в целом ясна. Если совсем честно, мы это дело на себя сами взвалили, но это детали уже. Ладушку очень удивляет факт того, что нам настолько доверяют, все-таки прошлое лезет иногда. Да и то — одно дело слова, и совсем другое — поступки. А для меня это норма. Для Человечества дети превыше всего, и это не просто девиз, а сама суть. Поэтому мамино доверие, поддержка, выделение ресурсов

— все это для меня дело привычное, а для милой моей все еще волшебная сказка. Страшное у нее детство было, просто жуткое. Деда-то отогрел, но привычные реакции еще случаются.

На Ша-а мы надеваем платье, чтобы ей было удобнее освоиться с трусами и с туалетом. Своих котят она же потом учить будет, нам вряд ли доверит, вот поэтому я и считаю, что так правильно будет, и Ладушка моя со мной согласна. Кроме того, я вижу, что и отношение к нам у Ша-а изменилось. Милая улыбается очень ласково, а я решаю прояснить это вопрос попозже.

— Вот и умница какая у нас Ша-а, — хвалю я девочку, выглядящую младше нас. — Отлично поела. И котята самые лучшие — хорошо кушают.

Выглядящая трехлетней Си удивленно смотрит на меня, а я решаю, что надо переходить на индивидуальные переводчики. Только вот как лучше сделать — нам с Ладой или все же котятам? В обоих случаях есть и плюсы, и минусы, поэтому решаю поступить так, как папа обычно делает.

— Ша-а, — обращаюсь я к маме-кошке, — как бы тебе хотелось — только с нами разговаривать или все-все вокруг понимать?

Я осознаю, что вопрос немного провокационный, да и большая польза есть в переводчиках, надетых на котят, — они их языку учат, поэтому я так и формулирую вопрос. С одной стороны, оценить ее страх, а с другой — показать наше доверие. И вот теперь она решает сама, что должно для нее много значить, если я не ошибаюсь. Мама говорит: «Без ошибок не бывает победы», поэтому план «Б» у меня, разумеется, есть.

— А разве можно сделать так, чтобы понимать? — удивляется Ша-а, подтверждая мое мнение.

— Можно, — киваю я, погладив ее промеж ушек, что ей очень нравится. Как все-таки она на Аленку похожа! — Мы наденем на вас вот такие медальоны, — я показываю ей небольшой прибор на веревочке, — и вы сразу все будете понимать, да и говорить на том же языке. Хочешь?

— Очень... — совсем тихо промуркивает девочка, с доверием в глазах глядя на нас.

И вот это как раз странно — откуда доверие? Мне кажется, что это произошло как-то мгновенно: раз, и доверяет. В какой же момент... Наверное, когда мы ей дали одежду? Или раньше? Не знаю я ответа на этот вопрос, но вот сейчас ясно вижу именно это чувство в глазах ребенка.

Мне кажется, и Лада будто старше стала, да и я тоже — трое детей все-таки.

Лада надевает на Ша-а медальон, при этом та совсем не возражает, когда я, не подумав, хочу сделать то же самое с котятами, но милая останавливает меня, протягивая еще два маме-кошке.

— Ты надень на детей, — просит ее Ладушка. — Так правильней будет.

И вот тут я вижу удивленный, но и какой-то удовлетворенный взгляд Ша-а. Как будто мы какое-то испытание выдержали, вот только какое именно, мне непонятно. А Лада моя очень понимающе улыбается, поэтому я молчу, конечно. Пока Ша-а надевает медальоны на котят, не забыв лизнуть каждую, я вопросительно смотрю на милую мою.

— Она нас Старшими приняла, — объясняет мне Ладушка.

Раньше я бы, наверное, не понял, но теперь-то знаю, что такое Старший. У народа моей самой-самой на свете девочки есть родители, и есть еще Старшие. Они занимают нишу опекунов ребенка, потерявшего родных. Если бы не деда, Лада, ее сестры и братья погибли бы, потому что от них отвернулись именно Старшие.

Деда на самом деле обманули. Взрослые Ладушкиной расы сказали ему, что они не могут принимать чужих детей генетически, и вроде бы это было даже похоже на правду, но бабушка до истины докопалась. Они действительно не могут принять чужих детей, это правда, но выход у них существует — это Старшие. Катастрофа была не в гибели родителей, а в том, что от маленьких детей Старшие отвернулись. По какой причине, неизвестно, да и выяснять никто не будет, потому что Человечество не ведет разговоров с дикими народами. А предавшие своих детей — однозначно дикие, без вариантов.

— Вот, теперь вы нас понимаете, — сообщаю я Ша-а, откладывая куб универсального переводчика.

— Понимаю, — поднимает руки она. Наверное, это жест согласия. — И что теперь будет?

— Теперь вы будете есть, пить, мы будем учить вас новому, и больше никогда не будет больно, — отвечает ей Ладушка, ставя Ша-а в тупик.

Она просто замирает, потому что, если мы Старшие, то не можем ее обманывать, но и поверить в то, что сказала моя милая маме-кошке, бесконечно трудно. И вот пока она в таком состоянии, я поднимаюсь, подходя к синтезатору. Хулиганская у меня мысль появляется, только нужно выяснить, есть ли у аппарата такая программа, да еще можно ли им это «блюдо».

Подсвеченный синим состав легко отвечает на второй вопрос, программу петушков я тоже нахожу и, пока Ша-а приходит в себя, быстро делаю четыре молочно-белых петушка на палочке. Девочкам, значит, чтобы они себя особенными почувствовали, ну еще сладко же это, а дети очень сладкое любят, я по себе знаю.

— Ой! — громко произносит Ладушка, увидев, что в моих руках, а я выдаю ей один, а остальные протягиваю Ша-а.

Милая моя объясняет и показывает, что это такое, предлагая маме-кошке попробовать полизать, но не так, как будто вылизывает, а просто полизать. Сначала у той не получается, а потом уже она зажмуривается от удовольствия, кинувшись сразу к младшим. Мама она, настоящая, хоть и маленькая очень.

Несколько минут проходят, котята и их мама заняты. Как мама говорит, неизменно превосходный результат, потому что страх уходит, и все мысли тоже. Надо будет их в медицинский отсек спать положить... И привить надо же, они беззащитные совсем, а... можно ли их прививать?

— Марс! — зову я разум корабля. — Спроси, пожалуйста Вэйгу, можно ли нам защитить котят и их маму?

— Иммунизация рекомендована, — отвечает он мне. — Коридор блокирован, разумные отсутствуют.

— О чем ты говоришь? — спрашивает меня Ша-а.

— О том, что тебя и малышек надо защитить ото всех, понимаешь? — отвечаю я ей, осознавая, впрочем, как будут восприняты мои слова. — Для этого нам в другую комнату попасть надо.

Взгляд у нее... Ну доверие я уже ожидаю, но кроме него и удивление, и благодарность, и еще что-то, чего я интерпретировать не могу. Оглянувшись же на Ладушку, вижу — она сейчас плакать будет, поэтому сразу же мою милую обнимаю. И хоть было у нее страшное детство, но от эмоций мамы-кошки она, кажется, расплакаться может. У эмпатов это бывает, я помню, потому утешаю мою самую родную на свете девочку. Вот сейчас она успокоится, и мы пойдем защищать котят.

Неразумные. Мария Сергеевна

Виктор предлагает мне остаться в рубке, что, по-моему, идея хорошая. Поэтому я усаживаюсь на место дублирующего офицера связи. Это место — дань традиции, потому что совершенно бессмысленное, нет у нас дублирующего персонала, но у флота традиций много, и никто с ними бороться не будет. На традициях стоит флот.

— Вэйгу, доклад, — лаконично запрашивает командир «Марса», по-моему, специально для меня.

— В госпитале размещены двадцать два живых ребенка человеческой расы мужского пола в возрасте от пяти до четырнадцати лет, — начинает доклад квазиживой глава нашей медицины. — Все находятся в первой стадии алиментарной дистрофии, отсутствуют конечности. На коже обозначение «полуфабрикат» на языке Врага.

Я чего только в жизни не насмотрелась, поэтому каким-то чудом сдержаться могу, а вот Витя громко высказывается на традиционном флотском наречии. Я его понимаю, ибо подобное мы уже видели, да все Человечество видело. Интересно то, что здесь только мальчики, — значит, есть и девочки?

— Судя по протоколу звездолета, он использовался для «доставки провианта заказчикам», — выделив голосом последние три слова, высказывается связист.

Он сейчас потрошит блоки памяти звездолета, потому следующая точка нам ясна — то, что в протоколе названо «заготовительной фермой». Если я все правильно понимаю, мозг «Пирогова» был удален, а вместо него воткнут автомат типа «три реле в два ряда», как папа говорит. Уточняю вопрос у офицера связи, получив в ответ кивок.

— Детей не будить, — решаю я, вздохнув от этого, но тут вариантов нет. — Перевести в наши капсулы — и на «Юпитер», пусть спят там до госпиталя. Руки-ноги восстановим, тогда можно будет...

— Мудро, — комментирует разум звездолета. — Выполняю.

Витя кивает — так действительно правильно. Потому как два десятка сирот, да еще без конечностей, пережившие голод и наверняка издевательства... Им нужны родители, тепло, а я не папа, вряд ли сумею всех сразу отогреть, учитывая, что восстановить конечности здесь мы не сможем.

— Интересно, откуда они изначально... — вздыхаю, не надеясь на ответ.

— Судя по генофонду — потомки сирот, отправленных на новую планету, — отвечает мне «Марс».

Я задумываюсь на мгновение, затем поняв, что он имеет в виду: детский дом погрузили в корабль и отправили. Но где тогда девочки? Я помню, конечно, что Отверженным очень нравилось именно девочек мучить, унижать, запугивать, но вот где их искать...

— Идем к вычисленной точке, — сообщает мне Витя, заставляя кивнуть.

Это очень правильно — идти к той точке, откуда отправлялся корабль, хоть и неизвестно, сколько лет назад. Но это совершенно точно наш «Пирогов», захваченный и переоборудованный в холодильник. Все технические службы это уже подтвердили, так что надо искать. Вполне возможно, мы никого не найдем, если именно девочек мучили так же, как Настю с девчонками. Но это мы еще узнаем…

— «Пирогов» поставлен на самоуничтожение, начинаем скольжение, — сообщает мне Виктор.

Ему сильно не нравится ситуация, да и то верно — кому она может понравиться? Я тем временем поглядываю на малый экран — там котята наши да сынок мой с зазнобой. Я ему доверяю, даже очень, но подстраховать необходимо.

Все хорошо у Васи, и справляется он отлично. Надо же, его с Ладой за Старших приняли… Помню, каким жутким это открытие было — от малышей отказались те, кто заботиться о них был просто-напросто обязан. Дикими «эльфы» оказались, даже очень.

— Вот что странно, Витя, — отвлекаю я командира от процесса ничегонеделания, ибо нечего ему делать, пока мы в субпространстве. — Враг мяса не ел, насколько мы установили. Полностью искусственное создание же было. Тогда кому?

— Мать! — экспрессивно произносит Виктор, сразу же поняв, что я имею в виду. — Заказчика искать надо, да?

— Да... — вздыхаю я. — И что-то мне подсказывает, что, найдя заказчика, обнаружим и девочек.

— Ты считаешь... — глаза его становятся очень удивленными, а вот потом командир «Марса» просто оскаливается — он начинает понимать.

Мне же нужно объяснить понятое нами друзьям, но я решаю погодить: сначала надо точно все установить, и лишь потом делать выводы, но мысли у меня не самые лучшие, конечно. А у Витьки явно еще и не самые мирные.

— Выход, — предупреждает нас «Марс», и сразу же за этим: — Боевая тревога!

Я даже сначала не соображаю, что вижу, но затем в нас начинают стрелять. «Марс», щиты поднявший заблаговременно, демонстрирует тот факт, что наши инженеры хлеб едят не зря — все стремившиеся в нас лучи моментально отправляются обратно. Я пытаюсь сообразить, что вижу, но доходит до меня, только когда взрывается первый «черный» — искривление пространства используется.

Здесь использовано совсем недавнее открытие, позволяющее превратить часть пространства фактически в «бутылку Клейна», в результате чего все, что долетело до нас, сразу же отправляется в обратный путь. Потому и подобные эффекты. К тому же «Марс» самостоятельно управляет аномалией искривленного пространства, сканируя корабли врага на предмет наличия живых.

— Сигнал: опасность для Разумных, веду бой! — рефлекторно следует инструкции Виктор. «Марс» повторяет эти слова на языках наших друзей, как и положено.

Остановить я его не успеваю, да и нет у меня ощущения беды, поэтому просто жду развития событий. Дар говорит, что ситуация может развиться очень интересно и необычно, потому следует только ожидать. А пока товарищи офицеры уменьшают группировку кораблей Врага, коих в этом месте оказывается как-то слишком много, я рассматриваю ситуацию на экране, первой определив самую большую опасность.

— За спутником «улей», — сообщаю благодарно кивнувшему оружейнику.

— «Юпитер», бой! — коротко командует Виктор, когда от «Марса» отделяется яркая белая искорка планетарного заряда.

Страшное, на самом деле, оружие летит к

спутнику планеты, чтобы сделать и его, и спрятавшийся за ним материнский корабль Врага историей. Планете от этого, конечно, станет кисло, но мы затем разберемся, что и как на ней происходило.

— Выход звездолета Аль-и из субространства, производится обмен, — информирует командира связист.

Сейчас совсем неважно то, что мы, возможно, враги, да и тот факт, что незнакомы мы в этой ветви реальности, тоже. Сигналы, которыми мы пользуемся, пришедшим на помощь понятны и агрессии не вызывают, а это главное.

— Альеора в рубку, — прижав пальцем сенсор, прошу я.

Мы висим друг напротив друга. Первую беседу ведет Альеор, общаясь с... собой. Пожалуй, возможных наших друзей в этом мире данный казус и убеждает — Альеор говорит с Альеором. Наш друг выспрашивает своего визави об отношении к людям, но его не понимают.

— Фильм-знакомство передай, Маша, —

повернувшись ко мне, просит Альеор. — Тот, с которого начался наш разговор.

Аль-и нас не видят, только своего соплеменника, поэтому, наверное, нет агрессии. «Марс» же в это время внимательно сканирует пространство. На борту единственного оставшегося на орбите планеты-«фермы» черного корабля фиксируется жизнь, но никаких поползновений с его стороны мы не отмечаем — ни пробы связи, ни атаки, ни попыток уничтожить живых. Как будто корабль мертв, но тем не менее Аль-и не выказывают в его сторону никакой агрессии.

Мы переглядываемся с Альеором, решив уточнить этот вопрос попозже, а пока «Юпитер» идет к планете, ну и к черному кораблю, конечно. Нужно понять, что именно происходит. Наши действия не вызывают никакой реакции, пока десантный корабль не сближается с Врагом на расстояние, достаточное для абордажа.

— Очень интересная сказка, — сообщает с экрана визави Альеора. — Но такая раса не может существовать. Она очень скоро стала бы мясом.

— Что значит «мясом»? — оторопело спрашивает мой друг.

И я понимаю его оторопь, ибо Аль-и не едят

погибших насильственным путем. А вот его местная копия начинает пространные рассуждения о том, что ростки важны, потому должны расти в специальных местах и не лезть в дела взрослых, ежедневно заботящихся о процветании расы. Альеор, по-моему, шокирован. Я, впрочем, тоже, потому что, в соответствии с нашим Критерием, местные неразумны.

— Знакомы ли вам такие корабли? — интересуюсь я, показывая изображения кораблей Врага.

— Это хомо, — кивает мне Аль-и, готовясь обрушить мир нашего «себя». — Они поставляют продукты питания нескольким расам. Ваши действия напоминают пиратство...

— То есть вы хотите сказать, что едите наших соплеменников? — почти шепотом спрашиваю я, потому что осознать это у меня не выходит.

— Рубка — Вэйгу: нашему другу необходима помощь, — вызываю я госпиталь корабля, пока товарищи офицеры укладывают сомлевшего Альеора на небольшой диван.

Прозвучавшее чудовищно для любого из нас, но вот если подумать... Нас здесь не знают. Враг объявил нас неразумными животными, а живыми дети к ним не попадают. Да и найти взаимопонимание не так просто, так что даже если и были живые... Но мы-то разумные, поэтому передо мной сейчас большая проблема. При этом все Аль-и, даже услышав о соплеменниках, реагируют равнодушно, как бессмертные какие.

— «Марс», боевая тревога, — спокойно командует Виктор. — Щиты на максимум, готовность огневого контакта с неразумным.

— Вы едите мясо разумных, — констатирую я, глядя в ничего не выражающие глаза местной копии моего друга. — Значит, не являетесь разумным. Разговора не будет.

— Мы уничтожим вас, глупые животные, — выплевывает он мне в лицо ровно за секунду до того, как его корабль становится пылью.

— Намерение есть действие, — спокойно констатирует разум «Марса». — Хотя вел он себя странно.

— Он опьянен плодами Кау-кау, — негромко сообщает Альеор. — Но раз такое существо стояло во главе корабля...

Продолжения не требуется, все понятно и так. Неужели одного факта того, что нас здесь не было, оказалось достаточно, чтобы те, кто никогда уже не станет другом, скатились в подобное варварство? Получается, в этой версии

Галактики нет не только нас, но и Разума. Вот что у меня выходит, и это очень грустно. Передрались они там, что ли?

— «Юпитер», что у вас? — интересуюсь я, желая отвлечься от горьких дум, пока наши квазиживые медики успокаивают Альеора, такой деградации здешнего варианта своей расы вовсе не ожидавшего.

— То же, что и на «Пирогове», — лаконично отвечает мне Василий, командир десанта. — Только девочки.

— В точности? — уточняю я.

— Нет, — звучит в ответ. — Но вам не понравится. Это никому не понравится, поэтому прошу разрешить десант на планету.

— Работай, — дает разрешение Виктор.

Боевая тревога у нас не отменена, а такое бешенство в голосе всегда спокойного Василия я слышу, пожалуй, впервые. Так что сказка получается совершенно не смешной, и что с этим делать, надо будет думать серьезно. Но потом, а пока работает десант, дальше же... Дальше мы гарантированно в своем праве будем.

— Фиксирую выход из субпространства неизвестного корабля, — спокойно сообщает нам офицер связи. — Прицельные маркеры в работе.

— Сигналы дружелюбия и приветствия! — приказываю я, лишь на мгновение опередив Виктора. — Отставить открытие огня!

— Выполняю, — меланхолично сообщает мне офицер.

Неизвестный корабль более всего похож на бублик, то есть тор, по-научному. Он вытянут по одной из осей, а в геометрическом его центре сияет яркий голубой огонь. Таких звездолетов мы действительно никогда не видели, поэтому даже и не знаю, чего можно ожидать.

— Принимаю модулированную передачу, — сообщает «Марс». — Расшифровываю...

Все в груди замирает, несмотря даже на стойкое ощущение — они нам не враги. Неизвестные, никогда ранее не виданные возможные друзья нам точно не враги. Мой дар говорит об этом совершенно четко, и если они не блокируют каким-либо образом дар интуита, то...

— Назовите главную ценность вашей расы, — звучит механический голос, характерный для первых разговоров.

— «Марс», передай: дети превыше всего, — мгновенно реагирую я.

— Свои или чужие? — механический голос,

конечно, не передает интонаций, но я чувствую что-то необычное.

— Чужих детей не бывает, — отвечаю я еще одной истиной Человечества. Той самой, показанной мне папой. — Мы разумные другой реальности, прибывшие сюда для спасения детей.

И вот, пожалуй, эта фраза ломает лед недоверия между нами. По крайней мере, мне так кажется, потому что после этого уже начинается разговор. Язык возможных друзей очень похож на один из известных нам, поэтому трудностей перевода нет. Необходимо только синхронизировать изменения, ну и запустить информационный фильм.

А пока мы работаем с возможными друзьями, «Юпитер» проводит спасательную операцию. И кажется мне, что там, на поверхности, тоже просто не будет, а случится у нас новый вызов Разуму. Но мы, конечно же, справимся, потому что мы разумные существа. А разум вовсе не в двигателях и пушках.

Защита

Ша-а

Я СНАЧАЛА ДАЖЕ НЕ ПОНИМАЮ, О КАКОЙ ЗАЩИТЕ говорит Хи-аш, но, привыкнув к тому, что он не может ошибаться, конечно же, иду за ним. При этом мы выходим из той комнаты, в которой живем, и оказываемся в коридоре. Светло-зеленые стены, украшенные бегущими синими огоньками, мне кажутся очень красивыми, но разглядывать их некогда — в моих руках вертит головой любопытная Си, а Хи держит в руках самочка Хи-аш, постоянно поглаживая промеж ушек, отчего малышка ни на что не реагирует, наслаждаясь.

Идти нам оказывается совсем недалеко —

следующая же дверь направо, необычного белого цвета, раскрывается перед нами. Внутри я вижу множество предметов, ярких огоньков, почему-то меня не пугающих, хотя названий им и не знаю.

— Сначала будем защищать маму, а затем и деток, согласна? — интересуется у меня Хи-аш по имени Лада.

— Как ты скажешь, так и правильно, — отвечаю я ей, потому что мне она уже все доказала, да и знаю я, что Хи-аш не умеют неправильно говорить, они же не надсмотрщики.

— Тогда... Си подождет маму? — интересуется она у малышки, от такого аж рот открывшей.

Си смотрит на меня, потом на Ладу и робко кивает. Я спускаю ее с рук на пол, вопросительно глядя на своих Хи-аш. Лада растягивает губы — это называется «улыбка», проявление эмоций такое, потому что «люди» показывают эмоции иначе. Так вот, когда «улыбаются», то хотят показать тепло и поддержку, ну как-то так я объяснения понимаю.

— В нашей сказке, — произносит Хи-аш Васи, — можно защитить от болезней и напастей, а еще — от боли. Вот сейчас мы тебя ото всего защитим, и никто больше больно сделать не сможет. Видишь зверя?

Я вижу лежанку, на конце которой зверь сидит невиданный. Он коричневый, шерсть у него завивается, а еще он не шевелится. Оказывается, этот зверь нужен, чтобы защитить, и для этого его требуется... обнять. Вот просто обнять, и все! Необычно это очень, но раз Хи-аш говорит... Я сажусь так, как мне показывают, а Хи-аш Лада рассказывает малышкам о том, что сейчас мама ненадолго уснет, а потом будет уже защищенной и примется их тоже защищать.

Я обнимаю зверя под названием «медвежонок», и тут же все вокруг гаснет. Только при этом сохраняется ощущение тепла, и еще я малышек чувствую, как будто они рядом лежат. Очень интересное ощущение и необычное еще, я пытаюсь на нем сосредоточиться и не могу. Правда, оно быстро проходит, и я открываю глаза, чтобы пообнимать моих волшебных малышек.

Очень и Хи, и Си нужна мама, я это даже слишком хорошо осознаю сейчас, поэтому некоторое время обнимаю обеих, а затем сажаю Си к «медвежонку», наказав представить, что это я. Малышка моя обнимает его изо всех сил. Что-то негромко щелкает, и она сразу же засыпает.

Я даже не знаю, действительно ли меня

теперь нельзя... ну, больно сделать, но в этот момент Хи-аш молча замахивается на меня какой-то черной штукой, отчего я просто замираю, ведь это невозможно же! Хи-аш не делает больно! Только позволяет другим... И я уже жду страшной боли, но черная штука вдруг рассыпается пылью в воздухе.

— Видишь? — спрашивает меня он. — Теперь тебе нельзя сделать больно, ты под защитой.

Ой... мой Хи-аш мне просто показал! Он хотел, чтобы я сама увидела, потому что одно дело слова... Значит, я теперь защищена! Меня уже нельзя, а теперь и малышек нельзя будет! Да за одно это чудо я на все согласна! На все-все!

— Малышке Хи будет сложно такого большого зверя обнимать, — говорит мне Хи-аш Лада, укладывая малышку в какую-то ванну. — Поэтому она полежит и поспит, пока ее Вэйгу защищает.

— А что такое Вэйгу? — удивляюсь я.

— Это дух такой, — не очень понятно объясняет мне Хи-аш Васи. — Он защищает всех, потому что очень сказочный.

Я не очень хорошо осознаю услышанное, но, наверное, это потому, что Хи-аш меня еще не начал учить, а только решил защитить. Он прав, защитить действительно важнее, ибо даже просто знать, что никто не сделает больно — уже важно, а ведь он мне это показал. И хотя я не умею не верить Хи-аш, но теперь я абсолютно уверена. Хорошо, что мы оказались в сказке, а не в каком-нибудь страшном месте.

— Малышки будут очень сильно кушать хотеть, — говорит мне Хи-аш Лада. — Поэтому их надо быстро накормить, а то они плакать начнут.

— Сразу накормить? — удивляюсь я, а оба моих новых Хи-аш кивают.

Это необыкновенно, потому что малыши всегда ели по расписанию, ну и я тоже, а тут вдруг сразу захотели — и можно накормить, при этом, насколько я понимаю, — нужно накормить! Мы действительно в сказке, ничем другим происходящее быть не может.

Малышки просыпаются одновременно, и тут я вижу правоту Хи-аш: доченьки мои действительно очень голодные, Хи даже поскуливает от этого, будто и не питались совсем недавно. Младшая сразу же оказывается на руках Лады, Си я беру и спешу за своими Хи-аш.

— Правильно, незачем малышек мучить, — произносит Хи-аш Васи, быстро выходя из комнаты, что меня удивляет.

— Вася отправился готовить еду для малышек, ну и для тебя, конечно, ведь ты тоже голодная, — замечает Лада.

— Ну я могу потерпеть, — пытаюсь я растянуть губы, как она делает, на что Хи-аш только вздыхает, но почему-то не наказывает, а гладит меня свободной рукой.

Хи-аш может наказать — еды вовремя не дать или заставить сидеть носом в стену. Это не больно, но... Повторять не хочется, а Лада меня гладит, хотя у меня, скорее всего, не получилось.

Здешние Хи-аш какие-то очень необыкновенные. Наверное, это потому, что они в сказке живут, вот и доброта такая прорезывается. Я узнаю много слов, а еще больше вспоминаю, поэтому голова постоянно гудит... гудела. После того как меня защитили, она уже не болит совсем, и легкость в руках какая-то необыкновенная. Это потому, что я теперь под защитой?

Может же быть так, что теперь мне совсем не страшно и от этого легче ходится? Я придерживаю свернувшуюся в клубочек Си рукой, спокойно двигаясь туда, где нас сейчас совершенно точно будут кормить. И малышки чувствуют это, начиная поскуливать уже вдвоем. Двери раскрываются, и...

— Вот сейчас покормим маленьких и их маму,

— растягивает губы мой Хи-аш. От его голоса мне вмиг становится очень тепло, и даже Лада, как мне кажется, чуточку меняется. Интересно, а отчего так происходит?

Лада

Вася очень здорово придумал с иммунизацией. Он сказал Ша-а правду — проделанное с ними их защитит. Универсальная вакцина очень многие болезни сделала историей, поэтому защита получается абсолютной, но вот до его слов я все не могла придумать, как убедить малышек в том, что больно больше никогда не будет. А он...

— Вэйгу, проекцию, как проснется, — негромко просит Вася, объясняя свою задумку разуму госпиталя, а я просто дар речи теряю от красоты его задумки.

Самым сложным, когда папа нас у неразумных забрал с мамой вместе, оказалось не поверить в то, что любят, а избавиться от ожидания боли, ведь нас всех воспитывали палкой. Гибкой палкой, традиционно использовавшейся для приведения к покорности и стимуляции мыслительной деятельности. В традициях того народа, к которому мы прежде принадлежали, было воспитание болью разной интенсивности — и дома, и в школе, так что мне очень даже понятно, о чем думала Ша-а.

Вася же на проекции показывает, что бить малышек уже нельзя, поэтому Ша-а успокаивается. Я вижу, как она расслабляется, улыбаясь ей в ответ. Выходит, у нас сразу одной проблемой меньше. Мой милый рассказывает Ша-а, что теперь малышки тоже будут защищенными, а я смотрю на него, осознавая: он самый-самый мой. Повезло мне с ним, на самом деле...

Замечаю, что куда-то исчез страх, да и качели мои эмоциональные, как мама говорит, тоже куда-то делись. Мне не хочется уже плакать, потому что малышки же у нас с Васей, хотя им всем бы маму… Единственное, чего боюсь — без милого моего остаться, и он это понимает: обнимает меня, гладит, показывает, насколько я ему важна. Вот только мое состояние меня беспокоит.

— Вэйгу, доложи тете Маше по малышам, — прошу я разум госпиталя. — Для нас есть что?

— Ша-а, восемь биологических лет, — отвечает мне Вэйгу. — Яды выведены, рекомендуется применить заживитель. Си, три биологических года, яды выведены. Хи, от полугода до года, возраст не определяется, имеются признаки химически подстегнутого развития. Необходим госпиталь.

— Не смешно, — комментирует Вася, да это я и сама понимаю.

В тот момент, когда он уходит готовить еду детям, я чувствую нарастающую панику, но давлю ее внутри себя, постаравшись доставить котят в столовую как можно быстрее. И лишь увидев милого, осознаю, что со мной происходит, но совершенно не понимаю почему. Когда пришли папа и мама, все было ясно — я им доверилась, но сейчас-то я не была в опасности, что же произошло?

— Что, милая? — с тревогой спрашивает меня Вася, заглядывая в глаза, пока Ша-а кормит своих малышек.

— Кажется, я запечатлелась, — признаюсь ему, вздыхая. — Ты меня не бросишь? — очень жалобно, как мне кажется, спрашиваю его.

— Никогда я тебя не брошу, — гладит он меня по голове, как маленькую, заставляя расслабиться. — Все правильно, не надо задумываться.

И от его слов я расслабляюсь, потому что он совершенно точно лучше знает. Я помню подобное свое отношение к новым родителям, поэтому даже не беспокоюсь по этому поводу. Вася хороший и давно уже рядом со мной, кому же доверять, как не ему? Впрочем, я отвлеклась.

— Вась, а что дальше? — интересуюсь я у милого.

— Дальше у нас будет учебный фильм для малышей, — отвечает он, подмигнув мне.

Ой, действительно, надо же им показать мир, в котором они теперь оказались, поэтому нужен фильм. Тот факт, что малышек травили, меня не удивляет, потому что они были покорными, а это просто страхом не достигается, так папа говорит. Значит... Мы сейчас все поедим, а потом будет фильм.

После фильма малышки наши уснут, а потом и разговоры случатся, потому что как же иначе? А пока они отдыхать будут, надо с тетей Машей поговорить, и с тетей Таней, наверное, потому что непонятно же все. Надо малышкам помогать, а мы с Васей сами дети, и еще у меня вопрос обо мне, и... В общем, нужны взрослые, еще как нужны, потому что у меня даже мыслей нет, что дальше делать. Разве что Васенька мой знает...

— Си и Хи засыпают, — удивленно произносит Ша-а. — А почему?

— Устали, наверное, — улыбается Вася. — Давай их спать уложим и маму рядышком?

Она совершенно не сопротивляется, только кивнув. Выходит, фильм у нас после сна будет. Я считаю, раз Вэйгу ничего не сказал, значит, такое поведение нормально и долго раздумывать совершенно незачем. Я гляжу улегшихся малышек, тихо напевая им колыбельную. Папину, конечно, у нас другой быть не может. Я им пою, а наши маленькие засыпают. Я помню, возможны кошмары, особенно у Ша-а, но мы-то спать точно не будем, так что поможем, чтобы более старшая девочка не напугала своих младших.

— Мама, — негромко обращается Вася к тете Маше, — у меня Ладушка моя любимая запечатлелась.

— Совет да любовь, — слышу я в ответ, тотчас заулыбавшись.

Тетя Маша, судя по голосу, уставшая, но она откладывает все свои дела, чтобы ответить на вопросы сына. И вот это отношение, такое необыкновенное вначале, теперь все равно чудом воспринимается. Впрочем... Сейчас наша задача в другом — надо накормить наши растущие организмы. Вот этим я сейчас и займусь, пока Вася с мамой общается. Пусть будут пельмени, очень уж мне их хочется почему-то.

— Мама говорит, надо подождать, дать отдохнуть, — извещает меня любимый мой. — А там будем знакомить потихоньку.

— Садись есть, пожалуйста, — зову я его за стол, сразу же попадая в объятия своего самого-самого мальчика.

— О, пельмени! — радуется Вася, принимаясь за еду. Я от него не отстаю, конечно, кто знает, когда малыши проснутся.

В процессе еды милый говорит мне, что я угадала его желание, и вот эта его фраза все ставит на свои места — я не просто запечатлелась, мы с ним как папа с мамой, поэтому просто навсегда вместе. Ну и что, что нам двенадцать, любовь бывает в любом возрасте, особенно такая, так мама говорит, — а она никогда не ошибается.

Интересно даже, что происходит за стенами нашего коридора, но я спрашивать пока не буду — когда будет можно, нам и так расскажут. Сейчас у нас с Васей очень важная задача: научить малышек тому, что все плохое в их жизни уже закончилось. Хорошо, что у меня пример мамы и папы есть, хотя бы знаю, что делать нужно.

Пельмени очень вкусные, хоть и из синтезатора. Синтезаторы у нас настроены правильно, в них кристаллы с программой от бабушки еще, кажется. Поэтому все блюда знакомые, они как кусочек дома на корабле. Это Васина мама так сделала, чтобы и ей, и тетям было комфортно. Мудро очень, по-моему.

Вот и поели мы, теперь можно просто немного в объятиях друг друга посидеть, пока малышки спят.

Разумные. Мария Сергеевна

Сюрпризы множатся. Наши новые друзья оказываются выходцами с Праматери, местной ее версии, сумевшими уйти с нее во время Первой Эпохи. Им удалось вывезти что-то около двух миллионов человек, а так как собственное население приближалось к двум миллиардам, то этого почему-то никто не заметил. Именно они нам и рассказывают историю местного Человечества.

Большая часть его была уничтожена ядерной войной, а меньшая получила контроль над кораблями Врага, не придумав ничего лучше разбоя. Часть пропавших кораблей оказалась спасена нашими новыми друзьями, но вот «Посейдон» и «Пирогов» попали в руки Врага. Те друзья, что стали ими в нашей реальности, здесь... Здесь они выродились. Причина этого неясна никому, но вот сказок о Творцах они не ведают, что может означать... Много чего.

— Значит, наша миссия завершена, — вздыхает Виктор. — И что теперь?

— Теперь... Скажите, Ли, не хотите ли вы переселиться в нашу ветвь? — ведомая своим даром, интересуюсь я.

— Нам нужно это обсудить, — спокойно отвечает мой собеседник. — Я могу отправиться с вами?

— Чтобы увидеть все своими глазами, — киваю я, улыбаясь, потому что это желание более чем понятно. — Конечно.

Тут я слышу вызов от сына, поэтому, извинившись, переключаю свое внимание на второй экран. Младшие котята спят, а мои сидят обнявшись, при этом у Лады взгляд такой, что мне все понятно еще до сообщения Васи.

— Мама, Лада запечатлелась, — немного растерянно говорит он. — И я, кажется...

— Любовь это, сына, просто любовь, ну и особенность нашей Ладушки, — объясняю я ему. — Так что не обижай ее.

Обидеть он свою любимую, положим, не

сможет уже, а маме с папой сюрприз будет, когда вернемся. Пока что нам надо возвращаться, потому что на планете детей просто нет — вообще никого там нет уже. Отверженных и подобных им насекомовидных представителей Врага уничтожает десант, и это все, живых не осталось. Информацию нам еще предстоит изучать, но, похоже, потомки наших детей, кто успел, самоуничтожились в попытке спастись.

Информацию по котятам я тоже вижу — им нужна мама. Очень нужна мама, папа, сестренки, потому что Вася с Ладой сами дети. А Сережа-младший нам всем очень хорошо показал, что на детей других таких же вешать нельзя. Поэтому, судя по всему, нам пора домой. Получается у нас около пяти десятков искалеченных детей на борту, которых еще предстоит восстанавливать, ну и родители им нужны, разумеется.

— Подготовиться к возвращению, — командую я, обращаясь затем к Ли. — Добро пожаловать на борт.

— Десять минут, — кивает он, явно двигаясь к галерее, а я извещаю наших не пришедших еще в себя друзей.

Все системы, в которых были обнаружены дети, отмечены, потому на них мы посмотрим и в нашем пространстве, мало ли что. А пока нам нужно готовиться к возвращению, размещать нового друга, ну и проведать котят. При этом следует учитывать... Ладно, не одна я на корабле, у меня группа есть. А вот флотский госпиталь просто жалко — наплыв детей ему предстоит нешуточный.

— Внимание всем, — сообщаю я по корабельной трансляции. — Готовность к возвращению.

Не будем мы разговаривать с местными, не о чем с ними разговаривать, кроме как с нашими новыми друзьями. Вздохнув, я оставляю переговоры и прощание на Лерку — она вполне справится — а сама двигаюсь к переходной галерее, чтобы встретить Ли. Местное Человечество из одной всего народности возникло, и то случайно, потому что нас в данном мире полностью уничтожили. Печально, но мы об этом знали и раньше. Как-то не хочется мне больше по альтернативным реальностям бегать.

— Маша! — зовет меня Лерка, и я с удивлением оборачиваюсь к ней. — Первая эпоха, сестренка! Вполне же могло и у нас быть!

Я киваю, потому что она права. Получается, до вмешательство брата, а это значит, что и в нашей реальности вполне возможно существование этой части Человечества, надо только поискать. Вот коридор заканчивается, шлюз галереи раскрывается лепестками диафрагмы, и навстречу мне выходит Ли во вполне обычном сером комбинезоне. За руку его держится большеглазая девочка лет шести, на мой взгляд, которой я немедленно ласково улыбаюсь.

— Здравствуй, — говорю я ей. — Меня тетя Маша зовут, а тебя как?

— Нюй... — шепчет ребенок, пугливо прячась за папу.

— Нашу маму убили, когда малышке было два года, — объясняет мне Ли. — С тех пор летает со мной, не может расстаться.

— Очень хорошо ее понимаю, — улыбаюсь я. — Пойдем, покажу вам тут все.

Девочка, конечно, нуждается в социализации, да и в ласке тоже, но это мы решим, потому что чужих детей не бывает. А пока будем показывать корабль, и между делом получит малышка петушка, что поможет ей не пугаться неизвестности. Насколько я знаю, корабль наших новых друзей уходит из системы, давая нам время на подготовку.

— Ты голодная? — интересуюсь я у Нюй, сразу же посмотревшей на вздохнувшего папу.

— Она уже снова немного проголодалась, а почему так — мне непонятно, — объясняет мне Ли. — И медикам нашим непонятно. Хотя она не поправляется, но...

— Тогда зайдем к Вэйгу, — предлагаю я, заставляя его удивиться. — Заодно универсальную вакцину получите, чтобы наши вирусы не были для вас опасными.

Следующие полчаса Ли выясняет у меня, что это за вакцина, а мы тем временем движемся к ближайшему отделению госпиталя, благо определить, что с ребенком, можно в любой момент. Возможно, девочка стала внешней средой для кого-то, тогда подобное вполне объяснимо.

— Вэйгу, сканирование, — приказываю я, как только мы входим в медотсек. Говорить на языке Ли довольно просто, ведь он почти классический, и я его, разумеется, знаю.

— Мужчина и девочка заражены червями Така-Акка, — слышу я в ответ, отчего в первое мгновение впадаю в ступор, а Ли и Нюй моментально засыпают.

Я все пытаюсь осознать, что услышала, ведь эти черви атакуют в первую очередь мозг, выедая его полностью. Но как Ли с Нюй тогда ходили? Говорили? Вот именно это и непонятно, что заставляет меня действовать по инструкции — вдавить сенсор тревоги.

Коротко рявкает сирена, блокируя медотсек, ну и меня внутри, а я все никак не могу понять, с чем конкретно столкнулась. Вэйгу и прибежавшие квазиживые уже работают. Сейчас мы абсолютно точно все узнаем.

Меня, разумеется, выпускают, потому что универсальная вакцина защищает и от паразитов, но вот с нашими гостями все оказывается непросто. Медотсек блокирован, работают квазиживые медики, коих у нас достаточно, я же в несколько ошарашенном состоянии двигаюсь в сторону рубки — нам домой пора.

— Марьсергевна! — звучит вызов из медотсека, едва только я успеваю в рубку войти. — У нас тут странность.

— Докладывайте, — устало бросаю я, уже готовая к тому, что гостей спасти не удастся.

— Это паразиты-симбионты, строго говоря, —

несколько шокированно звучит из трансляции, заставляя меня замереть. — Тела людей для них как скафандр, а говорили с нами именно они.

— Как так? — в недоумении замираю я, встречая такой же взгляд Виктора.

— Вот так... — задумчиво отвечает мне квазиживой. — Прошу санкцию на мнемограф.

— Разрешаю, — отвечаю я и связь прерывается.

Вот теперь у меня проблема — или черви у нас разумные и с ними тогда надо строить диалог, или же они неразумные, а определить это точно мы в простом разговоре не сможем. Именно поэтому и мнемограф. Вопрос только в том, насколько безопасно теперь начинать движение.

— Лера, — обращаюсь я к сестренке, — пошурши с девочками: насколько безопасно возвращаться.

— Немедленно возвращаться надо! — восклицает она, чего раньше за Леркой не водилось. — Опасность!

— Витя, старт, экстренно! — сразу же реагирую я.

Спустя несколько мгновений главный экран расцвечивается характерной картиной плазменного колодца, а мне в голову приходит мысль. Я принимаю сенсор связи с другом, чтобы переадресовать сформулированный вопрос ему.

— Что, Маша? — интересуется Альеор.

— Послушай, дружище, а если проблема была не в наркотике, а во внешнем управлении? — интересуюсь я. — Допустим, управление мозгом было перехвачено...

Он задумывается, а у меня в голове разворачивается довольно страшное предположение: а что, если разумные не деградировали, а были захвачены? Просто заражены червями, взявшими их под контроль, тогда понятно и равнодушие, и... все остальное. И мотив Ли в таком случае — инвазия.

— Вэйгу — рубке, — звучит трансляция, заставляя насторожиться. — Черви мнемографированию поддаются с трудом по причине умирания. Разорвана связь с коллективным разумом.

Я коротко, но традиционно для флота высказываюсь. Если разум коллективный, то при смене реальности, они, конечно же, утрачивают большую часть памяти и связей. В таком случае мы мало что узнаем. Но догадка моя, на самом деле, чудовищна, конечно, и означает она, что других потеряшек можно не искать. Отчего-то я уверена в ее истинности, что, учитывая мои дары, вовсе не сюрприз.

— Переход проходит штатно, — сообщает «Марс».

Я киваю, обратив внимание на экран, куда Вэйгу выдает результаты того, что удалось выяснить. Мнемограф до чего-то докопаться сумел, плюс мои предположения… В общем и целом результат у нас вполне предсказанный — цивилизация паразитов захватила разумных… Интересно, почему потомков наших детей использовали в пищу, а не захватывали? Может ли это быть связано с дарами?

— Таня, — обращаюсь я к другой моей сестренке, ибо в это путешествие мы чуть ли не всей семьей двинулись, — надо будет дать команду на «Юпитер» — проверить найденных детей на дары, есть мнение, что именно ими обусловлено то, что с ними сделать хотели.

— Ясно-понятно, — отвечает мне Таня, неторопливо почесав нос, что у нее является символом глубокой задумчивости.

В общем-то, мысль не нова — у носителей даров мозг может иметь свои особенности, поэтому, наверное, захватить их не получится. Что же, вместо контакта у нас получаются захватчики, не пожалевшие даже ребенка. И Ли, и его дочь — куклы, их мозг мертв, что подтверждает Вэйгу. Печально...

Надо же, эволюционировавшие гельминты, кому рассказать... Впрочем, во Вселенной чего только не встречается, а Человечество все равно предупредить будет необходимо. Ибо от повторения истории никто не застрахован, особенно мы. Правда, иммунизированных заразить не выйдет просто по факту иммунизации, и этот самый факт меня заинтересовывает. Выходит, создатели универсальной вакцины учитывали и эту вероятность. Интересно почему? Надо будет историю глянуть по возвращении.

А пока у нас долгий путь домой. Не самый простой, не самый обычный, но альтернативный мир для нас закрыт — устраивать массовую зачистку никто не будет, а судя по результату нашего погружения, речь идет именно об этом. Значит, на этом все. Ну и хорошо, на самом деле, ибо дел хватит и в нашем мире.

— «Марс», сразу по возвращении в наше пространство сообщение на базу флота о практикантах, — вспоминаю я. — И вызов брата Сашки тоже, потому что малышкам родители нужны.

— Принято, — отвечает мне мозг корабля.

Вот и хорошо.... С одной стороны, можно идти отдыхать, но дар свербит, говоря о том, что ничего еще не кончено. Есть у меня такое ощущение, а себе я доверять совершенно точно умею, ибо меня этому долго учили. Именно поэтому остаюсь в рубке.

Проходит час, другой, третий.... Я знаю, что возвращение может занять довольно много времени, но тем не менее спокойно сижу в кресле, задумчиво глядя на игру плазмы. Столбы, перекрученные вихри, черная точка колодца — все это изумительно красиво и завораживающе, отчего хочется просто смотреть перед собой и не думать ни о чем. Тела гостей уничтожат вместе с червями, медотсек продезинфицируют — на этот счет существует инструкция, потому можно и не задумываться. Только вот что-то меня беспокоит, что-то непонятное, никак не могу сформулировать.

— Внимание, — сообщает «Марс». — Выход.

И действительно, в какой-то миг колодец исчезает, а мы вываливаемся в обычное Пространство. Начинают работать товарищи офицеры, устанавливая наше точное положение, хотя уже и так видно: галактика Млечный Путь.

Но инструкция диктует последовательность телодвижений, потому работают они очень четко.

— «Марс», сообщение для базы Флота — три единицы, — командует Виктор, — опасности нет.

— Выполнено, — отвечает разум корабля.

Это командир наш прав: информация потенциально опасная у нас есть, так что сообщить об этом надо, но я при этом чувствую — сейчас, буквально через несколько мгновений, долгих, как жизнь, будут нам сюрпризы.

Путь к маме

Василий

Глядя на то, с какими эмоциями Ша-а и малыши смотрят фильм, я понимаю: мы, похоже, сами себя напугали, потому что людей на экране они совсем не боятся. Либо те, кто их мучил, не похожи на привычных нам людей, либо тут что-то другое. Интересно, мы сейчас где? Впрочем, это неважно, мама точно понимает, что малышкам нужны близкие, и мы на эту роль совершенно точно не подходим.

Ладушка моя стала спокойнее, перестав так часто плакать. Мотив этого мне не очень ясен, но, наверное, ничего плохого в этом нет. Мы все под постоянным контролем Вэйгу, потому что я попросил об этом разум госпиталя, так что, если что нехорошее случится — мы узнаем. А сейчас двое детей постарше не отрываясь смотрят в экран, а самая младшая играет у их ног.

— Эти самцы и самки что делают с маленькими? — интересуется у меня Ша-а.

— Они их любят, — улыбается Ладушка. — Дети превыше всего.

— Но вот эта вот, — она показывает на старшую сестру одной из малышек, — она же взрослая, а ее все равно же...

— Она не взрослая... — вздыхаю я, потому что, видимо, вопрос назрел.

Хи и Си остаются играть у экрана, а уже очень сильно заинтересовавшаяся Ша-а встает, чтобы подойти к нам. Я же думаю, как именно начать разговор, чтобы не сильно ее напугать. Если бы можно было, я бы оставил его на взрослых, но, видимо, пора. Хотя начинать стоило не с этого, а с прямохождения, но...

— Присаживайся вот сюда, — я показываю Ша-а на стул.

Она с трудом залезает на него, потому что обычно ходит на четвереньках, хотя ей это вряд ли сильно удобно. Вот что с этим делать, я совсем не понимаю, ведь нужно ее на ноги ставить, но как ей это объяснить? Мало у меня знаний, что неудивительно, конечно, но, думаю, до взрослых потерпеть можно, впрочем...

— Вэйгу, — решаю я поинтересоваться, — Ша-а на ноги ставить безопасно?

— Не рекомендовано, — сообщает мне разум госпиталя. — Сначала надо обследовать.

— О чем вы говорите? — удивляется Ша-а.

— Понимаешь, тебе будет намного комфортнее ходить, как мы, а не на четырех конечностях, — объясняет ей Лада. — Но ставить тебя на ноги резко может быть опасно для твоего организма, поэтому Вася и спрашивает.

Она явно не понимает, о чем мы говорим, заставляя меня вздохнуть. Но тут пока ничего не поделаешь, а вот что поделаешь... Я готовлюсь объяснить Ша-а, что она ребенок. Что ее ждет мама, и очень ждет, потому что тетя Лика просто не сможет не принять котят, ведь она разумная, а чужих детей не бывает. Я очень хорошо осознаю: Ша-а и малышкам нужна именно мама-кошка, никого другого они не примут. Не будь тети Лики, можно было бы что-то придумывать, но, по-моему, нужна именно она, и мой дар со мной согласен.

— На задних руках? — задумчиво переспрашивает Ша-а, видимо, пытаясь представить.

— Это называется «ноги», — объясняю я ей. — Но пока мы спешить не будем, хорошо?

— Хорошо, — кивает она, потянувшись вылизать Хи.

— Ша-а, — я вздыхаю, — скоро звездолет прилетит туда, где тебя ждет мама.

— Какая мама? — не понимает Ша-а, замерев буквально на месте.

— Твоя мама, а еще папа, сестры... — пытаюсь я ей объяснить, встречая непонимание.

Тут внезапно оказывается, что понятие «папа» ей незнакомо и даже ее «генетическая память» этого термина не содержит. Это очень странно, потому что они точно двуполые, и понятие «мама» у них имеется. При этом слово «папа» переводится, значит, в языке такое понятие есть. Помню, мама объясняла, как определить, какое понятие существует, но забыто, а какое не существует даже теоретически. У тети Лики понятие «папа» существовало, и у Ша-а тоже, но вот что это такое, она не знает.

Переглянувшись с Ладушкой моей, начинаю объяснять. О том, что такое семья, зачем она нужна, кто такие мама и папа, и при этом глаза малышки становятся все более удивленными. Она прерывает меня, начав рассказывать о том, как было там, где она родилась. И вот услышанное мне совсем не нравится, потому что получается цикл жизни очень короткий, при этом я смысла подобного не понимаю.

— «Марс», — обращаюсь я к разуму корабля, — зачем может быть нужна такая структура?

— В случае, если взрослых особей используют в другом месте и иначе, — немного иносказательно сообщает мне «Марс». — Этот вопрос лучше прояснить с родителями.

Значит, информация может оказаться опасной или шокирующей, а я ребенок, и первоочередная задача квазиживого меня защищать, а не шокировать. По-моему, все логично получается — значит, предполагаемые варианты мне точно не понравятся. Ну и ладно, маму потом спрошу, а пока Ша-а рассказывает дальше. Ладушка моя, кстати, сейчас точно плакать будет, поэтому я обнимаю обеих.

— Я уже взрослая... — продолжает Ша-а, но я останавливаю ее.

— Ты ребенок, — объясняю ей. — Еще лет десять точно ребенок. Вэйгу говорит, тебе лет восемь-девять, а это довольно маленькие дети, понимаешь? Именно поэтому нужна мама.

— Как «ребенок»? — поражается она, сразу же начав плакать, Ладушка принимается ее успокаивать, а я...

А я задумываюсь о том, что вся информация, доступная девочке, получена ею от некоей «генетической памяти», в которую я почему-то не верю, да от ее Старшей, уже, насколько я понимаю, погибшей. И вот кажется мне очень странным такое обучение. С одной стороны, все отлично тюрьмой объясняется, но вот с другой... сказка иная выходит.

— Ша-а, — я отвлекаю малышку от слезоразлива, даже еще не сообразив, что произошло. — А почему у Хи память не проснулась?

— Наверное, потому что у нее не было Хи-аш, — пожимает она плечами.

— Но ты-то есть, — замечаю я. — И мы есть, а памяти нет, правильно?

— Правильно... — медленно произносит Ша-а, а затем неожиданно для меня падает в обморок.

Си, малышка, увидев упавшую маму, точно так же лишается сознания, и только Хи ни на что не реагирует, продолжая играться.

— Вэйгу, платформу сюда, срочно! —

восклицаю я, замечая, что Лада совсем не паникует. Это тоже что-то должно значить, что-то очень важное, но пока о том думать некогда — нужно доставить младших в госпитальный отсек.

В каюту, которая на самом деле столовая, вплывают носилки, при этом Хи, младшая, совершенно на это не реагирует, чем внимание и привлекает. Несмотря ни на что, она какая-то пассивная, как квазиживая, но Вэйгу обратил бы мое внимание на квазиживую. Тут что-то другое, но вот что именно, я понять почему-то не могу.

Вместе с Ладой укладываем младших на платформу, при этом Хи по-прежнему не реагирует ни на что. Интересно... Раньше она живее себя вела вроде? Или я просто желаемое за действительное выдаю?

Ша-а

Стоит мне задуматься о том, что Хи не развивается, и моя голова буквально взрывается болью. Кажется, я даже умираю, мир вокруг чернеет, и становится очень холодно, но в следующий момент я открываю глаза, чтобы увидеть, что вокруг все изменилось. Я лежу в... не помню, как называется, надо мной встревоженное лицо Хи-аш, при этом она плачет.

— Не плачь, — прошу ее, пытаясь сообразить, где я. — Что со мной?

— У тебя сломалась ментальная установка, — совершенно непонятно произносит Хи-аш. — Тут нужен специалист. Ты готова выдержать взрослого?

— Что значит выдержать? — не понимаю я.

— Ну, не паниковать... — пытается объяснить мне Хи-аш, а я все равно не понимаю, но на всякий случай киваю.

— Она не понимает, — произносит мой второй Хи-аш. — Но не пугается. Вэйгу, пригласи квазиживых с морфизмом под тетю Лику.

— Выполнено, — отвечает ему голос откуда-то с потолка.

Мне кажется, я стала совсем маленькой, как Си, отчего мне не очень по себе, но Хи-аш здесь, значит, бояться совсем нечего. Они мне все объяснят, а от боли меня уже защитили. Я пытаюсь обратиться к генетической памяти и не могу — что-то мешает мне, отчего ощущение, как будто она не проснулась. Но она же была!

Почему-то совсем нет паники, вот просто ни капельки, а должна же быть, как мне кажется.

Вместо страха откуда-то берется любопытство, хоть я и не понимаю, откуда именно. Почему-то я веду себя как маленькая, но не пугаюсь этого совершенно. Что со мной?

— Спокойно, не переживаем, — негромко говорит моя Хи-аш. — Сейчас все будет хорошо.

Мои мысли какие-то очень вялые, при этом я понимаю, что должна сейчас вылизать Си, а еще сама испугаться, но пугаться совсем не хочется, как и вставать. Мне кажется, я засыпаю, но не полностью, а с открытыми глазами. Проходит совсем немного времени, и я вижу кого-то очень большого. Почему-то даже мысли нет о том, что это что-то плохое. Я даже пытаюсь сама себе представить, что меня сейчас выкинут, но тут же понимаю — мне все равно. И хотя я осознаю, что так быть не может, ничего не могу с этим сделать. Хочется плакать и не хочется одновременно.

— Вот так мы будем друг друга понимать, — произносит незнакомый голос. — Что случилось у маленькой?

— Голова заболела, — отвечаю я. — И еще все равно стало.

— Да, очень похоже, — с чем-то соглашается незнакомка. Она называется «тетя», в экране показывали — но это новая память, а старая...

— Не пугаемся, — я слышу вздох. — Твоя «генетическая память» не была памятью.

Вот эта новость меня буквально вытаскивает из состояния «мне все равно», а незнакомая тетя явно чем-то недовольна, при этом совсем не делает мне больно. Это значит — работает защита Хи-аш, что заставляет меня расслабиться. А она продолжает свои объяснения, которых я совсем-совсем не понимаю, но тут мой Хи-аш, который самец, останавливает ее, рассказывая мне, о чем они говорят.

— Ты ребенок, Ша-а, — очень ласково произносит мой Хи-аш. — Память твоя была тебе навязана, она не настоящая, поэтому тетя доктор тебе и Си поможет. Вас травили всякими нехорошими веществами, но мы-то не травим, поэтому тебе тяжело, понимаешь?

— Кажется, да... — киваю я, подставляясь под его ласковую ладонь. — Я поэтому не пугаюсь? — интересуюсь у него.

— Не пугаешься ты по другой причине, — он растягивает губы, но от этого жеста мне тепло становится, потому что я его уже знаю. — А вот Си у нас пока поспит, потому что ей сложнее, чем тебе.

— А Хи? — тихо спрашиваю я, опасаясь услышать плохие новости.

— А с младшей что-то непонятное происходит, но бояться не надо, — отвечает мне незнакомая тетя. — Мы все исправим.

— Надо тетю Лику спросить, — произносит мой Хи-аш. — Могут быть особенности котят, возможно, она знает.

Тетя доктор кивает, а затем что-то случается, и я засыпаю. Просто как будто выключают свет, но при этом я понимаю, что сплю. И вот в своем сне вдруг вижу большую тетю, но не ту, что доктор, а другую. Я ее точно никогда не видела, но она улыбается мне ласково и совершенно необыкновенно.

— Кто ты? — не выдерживаю я, а потом чувствую, как будто меня вылизывают промеж ушек, как очень давно.

— Я твоя мама, маленькая, — отвечает мне эта тетя, а я смотрю в ее глаза и вижу в них только ласку.

Она такая необыкновенная, что мне хочется коснуться ее, просто очень-очень хочется, отчего я тянусь к... маме? Наверное, именно такой может быть настоящая мама, о которой рассказывала...

не помню... Но кто-то точно рассказывал, ведь я же знаю это слово!

Желание прикоснуться к ней все сильнее, я просто не могу уже сдерживать что-то, что возникает в груди. Такое чувство, как будто внутри меня малышка, знающая, как к маме попасть, надо только довериться ей. А мама смотрит на меня с грустью, все-все понимая, отчего мне плакать хочется. И вот, когда я уже готова разреветься, сон вдруг заканчивается, а я... Я оказываюсь в совсем другом месте.

Вокруг все зеленое, я лежу на полу, а напротив меня сидит за столом незнакомая совсем девочка. Такая же, как я, только одетая. И она очень удивляется, поднимаясь из-за стола на задние руки, а потом, взвизгнув, кидается ко мне.

Она что-то кричит, чего я не понимаю, потому что я неодета и кулона с переводчиком у меня нет. И в этот самый миг в комнате вдруг появляется... мама. Я сразу же узнаю ее, а она как-то очень легко берет меня на руки, сразу же принявшись вылизывать, отчего я... я, кажется, урчу.

Со мной такого не бывало никогда, но это же мама! Это мама! И я не могу сдержаться, даже не осознавая, что вокруг уже не сон. Я просто очень маленькой какой-то становлюсь, буквально, как

Си. Ой, а как же Си? И Хи? Надо спросить, но я не знаю как, потому что не понимаю же!

Другая девочка на меня смотрит удивленно, но ласково очень, как будто я у нее всегда была. Вот такое у меня ощущение, а еще я не хочу ни о чем думать, потому что обрела мамочку. Словно оказавшись в еще более сказочной сказке, чем до сих пор, я вцепляюсь в эту женщину и урчу, потому что это мамочка. Как я здесь оказалась, почему? Не знаю, но я и не хочу этого знать, я желаю лишь, чтобы это состояние никогда не заканчивалось.

Меня уносят куда-то, я только затем понимаю куда, когда оказываюсь в теплой воде. Это правильно, надо же меня сначала помыть, а потом и накормить, наверное, хотя я сытая, — просто не знаю, как это сказать мамочке. Интересно, мамочка меня защитит от гнева Хи-аш?

Сюрпризы. Мария Сергеевна

Получив подтверждение Флота, уже тянусь к сенсору, чтобы Сашке сообщение отправить, но в этот самый момент звучит сигнал тревоги. Учитывая, откуда он звучит, мне становится нехорошо, ибо там сын, Лада и котята. Что могло произойти?

Конечно, я сразу же отвлекаюсь от происходящего, переключаясь на медотсек, где явно паникует Вася, но при этом аналогичные эмоции испытывает и квазиживая, что не очень обычно. Можно даже больше сказать — подобное совершенно необычно.

— Что происходит? — спокойно интересуюсь я.

— При мнемографировании старшей девочки она неожиданно... исчезла, — выглядящая совершенно ошарашенной врач не может объяснить произошедшего.

— Успокойте детей и ждите, — реагирую я, задумавшись на мгновение. — «Марс», тревога, нештатная ситуация на корабле.

— Вас понял, — отвечает мне разум звездолета.

— Витя, сигнал флоту — две тройки, девятка, — командую я.

Теперь я здесь старшая, приняв всю полноту власти на себя. Необходимо срочно разбираться в том, что произошло, и понять, где теперь искать котенка. Ситуация мне видится совершенно невозможной, но при этом какая-то мысль беспокоит, не давая сосредоточиться.

— Маша, что случилось? — обращается ко мне Лерка, буквально влетая в рубку.

— Во время мнемографирования исчезла старшая девочка, ну, котенок, — объясняю я ей. — И что-то меня беспокоит, но сформулировать не могу.

Она задумывается, а я смотрю на экран, где младшие котята совершенно спокойно спят, никак не реагируя на исчезновение старшей. Вэйгу в это время мне докладывает подробности произошедшего. Получается, эта их «генетическая память» — запрограммированный массив данных, сдобренный какой-то странной химией. По идее... Подобное возможно на самом деле, и я даже знаю, как конкретно возможно подобное, но вот представить, что применено это к малышам, а при выводе химии блокируется память — это необычно. То есть мотив процедуры вполне оправдан и инструкцией описывается. Уже хорошо.

— Принимаю сигнал, — спокойно сообщает мне «Марс». — Обнаружен ребенок.

— На экран! — коротко командую я.

В сектор, где находится наш звездолет, входят корабли, становясь в оборонный порядок — шаром. Все-таки коды, мною использованные, — не самые простые, а потому работают уже совсем другие инструкции.

— Разумные! — на экране появляется Лика, держащая в руках малышку Ша-а. — Обнаружен ребенок, попавший на корабль неизвестным образом. Дитя не говорит на всеобщем, но явно испугано.

— «Марс», ответ на общем канале, — вздыхаю я. — Ребенок самобытной дикой расы, зовут Ша-а, матрицу языка передаем.

— Тетя Маша? — удивляется Лика. — Но...

— Тебя тут еще двое ждут, — информирую я ее. — Видимо, девочка потянулась к маме.

— То-о-о-очно! — тянет Лерка. — Лика, проверь ее на дары! Она могла так же, как Аленка, помнишь?

Мы уходим с общего канала, чтобы обсудить вопрос, а Вэйгу Сашкиного «Варяга» проверяет Ша-а на дары, буквально моментально подтверждая Леркину догадку. Котенок, выходит, творец. Тогда все логично, по Аленке мы знаем, что они способны передвигаться в пространстве. Теперь надо сына с Ладой успокоить, а затем передать котят Лике.

Вэйгу двух кораблей тем временем обмениваются информацией, флот ждет. Дети для Человечества превыше всего, поэтому сначала проясняем детский вопрос. Лика сообщает мне, что Сашка вылетает немедленно, потому часов через пять можно его ждать, а мы пока пообщаемся с отцами-командирами.

На самом деле, конечно, не все так просто, и, пока я решаю вопрос с детьми, «Марсу» передавать информацию на флагман никто не мешает. Информации много, она разная, но прежде всего необходимо нам найти расу котят и разобраться с тем, что произошло. Так как котята уже наши, то право на вмешательство у нас есть.

— Понятно, — вздыхает товарищ адмирал. — Будем искать этих возможных разумных и проверять их на червей.

— Нужно еще трансляцию дать, — сообщаю я ему. — Чтобы друзей предупредить о такой опасности. Нам-то паразиты не страшны, но...

— Да, — кивает он. — Трансляцию дадим, как только придем в центральные районы, сначала нужно детей в госпиталь.

У нас около полусотни искалеченных детей, которым остро необходим госпиталь Флота, ибо такого количества костного материала у нас просто нет, а они, если что, смогут синтезировать. Поэтому все правильно — следует двигаться в сторону центральных систем.

— Прошу разрешения задержаться, — мой мотив понятен: Сашка же сюда летит.

— Разрешаю, — кивает командир группы, затем начиная отдавать приказания о построении и пути следования.

Приключение наших детей завершается, ибо папе я, разумеется, сообщу при первой же возможности. Вот флот уйдет, и сразу сообщу, чтобы он не волновался. Очень важен для нас всех наш папа, поэтому никто его не заставит волноваться. Ну вот, «Юпитер» ушел, за ним движутся и остальные. Нам сопровождение не нужно, дело у нас внутрисемейное, а поиск котячьей цивилизации можно начинать и чуть погодя. Странная она, выходит, на самом деле... Корабль-тюрьма, надо же...

— «Марс», связь с Наставником Винокуровым, — командую я.

Папа получил почетное звание довольно давно уже, и за дело, потому что преподавать детям так, как это делает он, никто не может. Он учит не своему предмету, он учит жить. Жить в мире и понимании, как себя, так и всех окружающих. Свои же предметы папа учит любить, и это важнее всего, по-моему.

— Здравствуй, Машенька, — звучит с экрана голос бесконечно дорогого человека.

Я поднимаю взгляд, чтобы увидеть его добрую улыбку, и замираю, как в детстве, — ведь это наш папочка. Самый-самый! Но нужно брать себя в руки, чтобы рассказать все-таки, хотя хочется на мгновение оказаться в детстве, в его уверенных руках...

— Папа, Лада с Васей у нас на корабле, —

начинаю я с главного. — Сына привел дар, а Лада...

— Запечатлелась, — заканчивает за меня все понимающий папочка. — Очень хорошо, доченька. Для нее это наилучший выход, все-таки страх у нее специфический.

— Они у меня практику пройдут тогда, можно? — тихонько интересуюсь я.

— Можно, Машенька, — отвечает мне папа. — Но после — жду всех в гости. И тебя, и Леру, и Таню, и всех, договорились?

— Договорились, — улыбаюсь я, отключив затем связь.

На меня налетает Лерка, чтобы пообниматься, как в детстве. Все-таки наш папа — самый лучший и все-все всегда понимающий. Мы его, конечно же, бесконечно любим, потому что иначе быть не может. Запечатлелись мы еще тогда, в далеком детстве, когда он доказал нам всем, что чужих детей не бывает.

В общем-то, никакого сюрприза в этом нет, ситуация напоминает такую же с Аленкой: девочке очень нужна была мама, а Лика у нас единственная кошка, подходящая на роль мамы, поэтому неудивительно. Вот то, что дети у нас необыкновенные, наводит на мысли. Вспоминаем историю сестер, и она на очень нехорошие мысли наводит. Цивилизация-то, конечно, самобытная, но Врага это не исключает. Если Вэйгу подтвердит, что и младшие одаренные, тогда в целом все будет ясно, а пока мы ожидаем несущегося сюда на всех парах Сашку, чтобы котята смогли воссоединиться с мамой.

Сашкин эвакуатор выходит в Пространство недалеко от нас, сразу же протянув галерею. Витя, кивнув, протягивает и нашу, потому спустя всего несколько минут корабли связаны. И вот тут возникает вопрос: как именно детей доставить к Сашке. Особенно если вспомнить, что их «генетическая память» полностью исчезла, как только были выведены странные вещества из крови. Ученые еще будут разбираться с этим вопросом, причем не исключено, что обнаруженное двинет вперед и нашу науку, но вот пока у нас на руках трое котят, не умеющих ничего, даже говорить. Точнее, двое, потому что Ша-а уже у Лики, но Вэйгу «Варяга», насколько я вижу в протоколе обмена, подтверждает: сохранены только базовые навыки, и все. То есть учить надо всему и с самого начала. Вася и Лада успокоились, но... У малышей своя физиология.

— Тетя Маша, мы идем к малышам, — сообщает мне Лика, недавно совсем родившая. — Заберем их домой, только...

— Да, — киваю я, все поняв. — Вася, Лада, проследуйте в рубку, — распоряжаюсь я.

Главное, чтобы дети не заартачились, потому что в медотсеке должна быть только Лика, когда младшие проснутся. Насколько я вижу на экране, Вася что-то понимает и уходит за руку с Ладой. Очень хорошо и правильно, значит, можно давать отмашку уже спешащей Лике.

— «Марс», отмена запрета второго радиального для Лики Винокуровой, — командую я, наблюдая на экране за тем, как сестренка спешит к малышкам.

Ша-а сидит у нее на руках, глядя вокруг широко раскрытыми глазами и, судя по отражающемуся в них любопытству, не помнит ничего. Этого мы ожидали, потому что запрограммированная память была завязана на химию, а вот как именно — это нам ученые расскажут.

— Тетя Маша, — обращается ко мне Лика, с удивлением разглядывая котят.

— Что не так? — интересуюсь я у нее.

— Они маленькие совсем, — объясняет мне она. — Тела большие, но сами они совсем маленькие. Они пахнут, как мои малышки, понимаешь?

— Забирай обеих и двигай в госпиталь, — решаю я, на что Лика принимается знакомиться с малышками.

Она их сначала вылизывает, затем что-то говорит негромко, а потом уже и на руки берет. При этом Ша-а почти никак не реагирует, заставляя меня удивляться, но я уверена — рано или поздно мы узнаем, что происходит. Ну и Лика расскажет, конечно, как же иначе?

Наблюдая за котятами, не замечаю вошедших в рубку детей, очень старательно не замечаю, чтобы дать им возможность прийти в себя. Вася защищает Ладушку, а она цепляется за него. То есть ничего неожиданного, хорошо.

— Здравствуйте, дети, — улыбаюсь я обоим и, не давая сказать Васе, продолжаю: — Все знаю: и о даре, и о произошедшем, так что ругать не будут.

— Вот! — заявляет сын. — Я же тебе говорил!

— Сейчас тетя Лика заберет котят, а мы с вами поговорим, — продолжаю я свою речь.

— Не поговорим, — хихикает Лада.

Взгляд у нее при этом становится немного странным — она будто смотрит сквозь стену рубки, ни на чем не фокусируясь.

С такими дарами мы, по-моему, не сталкивались, но ставшая сестренкой возлюбленная моего сына точно не пытается обмануть — она что-то чувствует, и вот это очень странно. Почему она так говорит, я не знаю, но, тем не менее, ожидаю продолжения, а глаза ее становятся очень большими. То есть или пугается, или удивляется.

— Что такое? — интересуюсь я, но ответ получаю не от Лады.

— Главная база Флота «Марсу», — требованием звучит вызов, при этом дежурный, я по голосу слышу, взволнован.

— «Марс» на связи, — меланхолично отвечает ему Виктор. — Что еще случилось?

— Сорок два из системы Кедрозора, — слышим мы в ответ.

Коротко взревывает тревожная сигнализация, я наскоро прощаюсь с Ликой, а в следующее мгновение на экране появляется плазменный тоннель гиперскольжения. Вася приоткрывает рот от удивления, я же прижимаю сенсор. Голос «Марса» передает требование всем сотрудникам группы Контакта собраться в зале совещаний.

Не скажу, что ситуация невозможная, но необычная точно, потому как выходит, что возможные друзья как-то проскочили мимо защитных порядков, да и охраны границы ареала, чего раньше не случалось никогда, то есть уже любопытно.

— Чего стоим, кого ждём? — интересуюсь я у детей.

— В каком смысле? — не понимает меня Васенька.

— Сынок, — улыбаясь, объясняю я ему, — ты приписан к группе Контакта. Это значит, что?

— Ой, Вась, пошли! — утягивает его за руку первой все понявшая Лада.

Сейчас она объяснит моему сыну, где их место по расписанию, а мы пока летим со всех ног, потому что Кедрозор — обитаемая система, и, не дай звезды, что случится... А случиться может что угодно — от неконтролируемого контакта до агрессии, поди знай. Именно поэтому мы летим туда сейчас со всей возможной скоростью, а флотские в это время, согласно инструкции, чистят систему.

Интересно, кто это у нас в гостях, да еще и

посреди обитаемых систем? При этом сигнала тревоги нет, как нет и сигналов от диспетчеров, что странно. Хотя, возможно, мы все пропустили, потому что в субпространстве связи у нас пока нет. А есть у нас плазменный колодец, в котором мы идем с нарушением правил навигации, то есть с ускорением.

— Внимание, выход, — сообщает «Марс», едва только мысль присоединиться к группе сформировывается в голове. Значит, поздно уже присоединяться.

Плазменный колодец моментально сменяется видом обитаемого Пространства, вот только возможных друзей я с ходу не вижу. Совершенно обычное пространство, висит орбитальная станция, помаргивая сигналами запрета стыковки, бежит по верху экрана оповещение о закрытии системы, и вообще никого, чего на Кедрозоре, строго говоря, не бывает — тут и школы, и филиал Академии, детский сад есть...

— Связь с диспетчером системы, — командую я. — Доложить по коду сорок два.

Сейчас мы узнаем, где наши возможные друзья и что вообще происходит, а пока...

Сорок два

Мария

Диспетчер несколько удивлен, и это слышно по голосу, ибо с подобным он никогда не сталкивался. Но все бывает в первый раз, поэтому я прерываю сумбурный монолог, из которого непонятно ничего, чтобы просмотреть информацию. Вся работа Службы Движения протоколируется, потому сейчас мы наблюдаем, что именно произошло.

Обычная активность в системе и на орбите вдруг разрывается истошной сиреной — внезапно, без всяких сигналов, прямо поперек маршрута рейсового внутрисистемника появляется небольшой корабль. Я останавливаю воспроизведение, прогоняя по секундам момент появления. Действительно, нет ни характерной воронки субпространственного перехода, ни плазменного следа гиперскольжения. То есть получается, гость возник ниоткуда, просто вдруг оказавшись в точке обнаружения.

— Неизвестный корабль, вы нарушаете правила навигации, — взволнованный голос диспетчера все мне говорит. — Покиньте маршрутную зону!

— М-да, — коротко характеризует действия диспетчера Витя.

Он прав, потому как сотрудник Службы нарушил инструкцию, и не одну. Не был запрошен регистровый номер судна, не проверен автоматический ответ судна, не передано приветствие. Даже если вдруг диспетчер потерял способность видеть, он должен был действовать по инструкции, чего в данном случае не наблюдалось. А вот небольшой корабль, не отвечая на запросы, рванулся по прямой к планете и под продолжающиеся вызовы диспетчера приступил к аварийной посадке.

— Куда он сел? — интересуюсь я у ближайшего ко мне офицера.

— В Лукоморье, — коротко отвечает он, явно задумавшись.

Лукоморье — это «сказочная изба» и ее окрестности. Это мамина придумка — сказка для детей и взрослых, не раз уже пригождавшаяся. Возможность побыть наедине с природой, с легендарными персонажами и забыть об окружающем мире. Там у нас в основном добрые персонажи русских народных сказок, так что возможны нюансы — они-то не контактеры.

— А сигнал кто подал? — для порядка интересуюсь я, хотя мне уже все понятно.

— Лукоморье и подало, — вздыхает Витя, эту информацию уже прочитавший. — Диспетчер прощелкал вообще все.

— Щит извести, — вздыхаю я, потому что такое головотяпство необъяснимо. — И дай протокол Лукоморья.

— Сейчас, связь наладят, — кивает он, параллельно набирая на сенсорной клавиатуре послание.

Слишком много ничем не оправданных нарушений инструкций, а они кровью пишутся, между прочим. Так что у щитоносцев будет занятие, а у нас попытка наладить диалог. Пока я раздумываю, связисты налаживают контакт, хотя проще спуститься прямиком на планету. Но для начала нужно узнать, хоть как выглядят гости.

— Такие спасательные катера были на корабле Чужих, — негромко сообщает мне Витька, этот вопрос подробно изучивший. — Так что...

— То есть судно — спасательный катер, — раскладываю я по полочкам. — При этом Враг таким образом двигаться не умел, насколько я помню. Получается, возможно только внешнее совпадение.

— Тоже верно, — вздыхает командир корабля, и в этот самый момент оживает трансляция с планеты.

Сначала, как положено, идет запись: с неба, постоянно маневрируя, буквально падает небольшой корабль. Мотив именно такого маневрирования мне непонятен, кстати, поэтому я кидаю вопросительный взгляд на враз помрачневших офицеров.

— Противозенитный маневр это, — объясняет мне Витя. — И если они его знают, то могут быть военными сами или же...

— Или встречались с агрессивными формами фауны, — благодарно киваю я ему.

На экране тем временем корабль раскрывает

аппарель, очень нехарактерную для Врага, кстати — у тех посадка и высадка иначе осуществлялась — и на траву выкатываются двое в одинаковой одежде. Это гуманоиды, даже, можно сказать, люди, что не говорит, разумеется, ни о чем. А вот что говорит...

— Дети? — пораженно восклицает кто-то из офицеров.

— Строго говоря, подростки, — замечаю я, вздыхая. — Но да, дети. Отменяй сорок два, тут дело не в Контакте.

— Ну, тебе виднее, — неуверенно отвечает мне командир звездолета. — Работай, — кивает он.

Я же разглядываю ребят. Судя по тому, что я вижу, либо это брат с сестрой, либо сложившаяся пара, вроде Васи с Ладой. Наши гости разнополые, вот только комбинезоны у них странные — с карманом сзади, видимо, обнажающим весь тыл. Это ненормально для комбинезона, для скафандра, да и для детей в таком возрасте. Значит, тут что-то нечисто. При этом дети явно испуганы.

В руках у них что-то похожее на оружие, точнее, на то, как оружие будущего представляли в древности — узнаваемый автомат, но с линзой на конце ствола, кажется, это называется «дуло». То есть оружие предполагается лазерное. Интересно, потому что, какой толк от лазера, я не знаю. Ручными лазеры так и не стали, да и боевое их применение... Это к специалистам, конечно, но у нас лазер не используется нигде на боевых кораблях, хотя те же Чужие нечто подобное использовали.

Юноша, постоянно прикрывающий девушку, даже скорее девочку, время от времени производит странные жесты свободной рукой, но результат его, видимо, пугает — разум Лукоморья оценивает состояние детей как паническое.

— Язык общения расшифровали? — интересуюсь я.

— Нечего там расшифровывать почти, — отвечает мне получившая уже запись разговоров Лерка. — Вполне узнаваемый язык. Только, Маш...

— Что случилось? — интересуюсь я, услышав неуверенность в голосе сестры.

— Они, похоже, беглецы, — отвечает она мне. — При этом их собирались убить. А некоторые термины нам непонятны.

Это бывает, что термины непонятны, значит, надо разбираться. Росли дети в других условиях, так что вероятность того, что понятийная база иная, ненулевая, как разум звездолета говорит. Но вот теперь я могу сама слушать их разговоры в нашей расшифровке и послать матрицу Лукоморью. Хоть попробует успокоить, а уничтожить его довольно сложно. Заодно и мы узнаем, на что они готовы, а пока послушаем.

— Давай прямое включение, — командую я.

И сразу же звучат голоса двоих довольно напуганных детей. Я слушаю их, сразу даже и не понимая, о чем говорят они промеж собой, поэтому перевожу прямое включение в корабельную трансляцию.

— Тай! Тай! — звучит паникующий голос девочки. — Магия не отвечает, вся совсем, как будто нет ее!

— Тише, Дана, тише, — пытается ее успокоить мальчик, проводя стволом своего оружия из стороны в сторону. — Может, это временное явление.

— Страшно... Как во сне, — признается девочка по имени, как мы только что услышали, Дана.

— Не бойся, — просит ее Тай, черты лица которого имени вполне соответствуют. — Если что, всех убьем, нас этому учили.

— Не потеряшки, — констатирует Витя, хотя это было, по-моему, ясно с самого начала.

Я же пытаюсь понять: что мне напоминает такое поведение, и никак не могу ухватить мысль за хвост. А неизвестные дети в это время изучают новый для себя мир.

Василий

Вот это неожиданность!

Сначала нас с Ладой, конечно, напугала Ша-а — она просто исчезла, потом выяснилось, что не все так просто и с котятами, отчего я себя почувствовал не очень хорошо. Чуть до паники меня эти новости не довели, но Ладушка будто ощутила мое состояние — обняла меня, и я успокоился.

Неожиданностью, впрочем, стало не это. Выходит, мы с Ладой относимся к группе Контакта. Я помню, что нас туда записали, но думал, что это просто формально, оказалось же совсем иначе. Именно поэтому все понявшая Ладушка уволакивает меня в комнату совещаний группы, пока мы в субпространстве, объясняя, что с такими вещами не шутят. Я-то это и сам понимаю, но как-то не укладывается в голове сразу, наверное, просто переход быстрый слишком.

— Вот и самые юные наши сотрудники, — улыбается мне тетя Таня, стоит только войти в зал. — Садитесь, Винокуровы.

— От Винокуровых слышу, — хихикаю я, на что нам улыбаются.

Зал совещаний группы Контакта — особое помещение на корабле. Это большая круглая каюта с полусферическим потолком, на который проецируется звездное небо таким, какое оно на Гармонии бывает. Стены здесь сейчас тоже небо изображают, а большущий стол в центре имеет форму кольца. Нас усаживают у самого иллюминатора, хотя он тоже экран, просто так традиционно называется. Сразу же из стола выезжают экраны, как в школе прямо, и точно также они регулируются — наклон, высота, контраст, яркость...

— Пока нам ничего не известно, — сообщает тетя Таня, — кроме кода.

— А протокол? — удивляюсь я, потому что помню мамины рассказы.

— А нет протокола, — произносит она, отчего-то хмыкнув.

Хотя мне понятно, отчего она хмыкнула — по

сигналу «сорок два» передается протокол встречи. Это автоматика, и, раз его нет, тогда... Тетя Таня выжидательно смотрит на меня, проверяет, значит. Другие дяди и тети уже что-то хотят сказать, но она останавливает их, а я возвращаюсь к своим мыслям.

Итак, получен только сигнал «сорок два» и координаты, причем не от того, кто дал сигнал, судя по всему. При этом не получен протокол, что означает... Не буй, не звездолет, у них это автоматика, а что тогда? Если представить совсем фантастическую ситуацию...

— Напланетник через ретранслятор? — неожиданно для себя самого озвучиваю я догадку.

— Молодец, — улыбается незнакомый мне дядя с погонами лейтенанта флота, если я не ошибаюсь.

— Очень похоже на то, — кивает тетя Таня, — что сигнал дал разум Лукоморья, а не внутрисистемный диспетчер. И что это значит, мы сейчас узнаем.

— Принимаю сигнал, — сообщает разум-помощник, имени которого я не знаю.

Это значит, во-первых, мы вышли уже из субпространства, а во-вторых, получены какие-то сведения. И вот тут группа начинает работать как единый организм, только я не понимаю, что происходит. Обняв прильнувшую ко мне Ладу, жду сведений со стороны.

— Язык интерпретирован, — сообщает тетя Лера, затем, видимо, включая трансляцию, потому что мы слышим два голоса.

По-моему, это мальчик и девочка, причем, кажется, нашего возраста. Они сильно напуганы, но говорят совершенно непонятные вещи. Чем больше я вслушиваюсь, тем в большее недоумение прихожу, потому что такого просто не может быть, но одно мне понятно: они как котята. То есть совсем одни и боятся всего вообще.

— Дети испуганы, агрессивны, при этом лишены привычной опоры, — задумчиво произносит тетя Таня. — Да, такого, пожалуй, еще не было.

— Это юные воины, — уверенно произносит Ладушка. — Только их или выкинули, или предали взрослые. Я помню, в нашей истории такое было...

Взрослые начинают расспрашивать мою любимую, а она объясняет им, почему считает детей воинами. Я же задумываюсь. Если их учили убивать, то как теперь с ними договариваться?

Взрослые, выходит, враги? А если взрослые враги, то гости будут думать, что их убить хотят. Что делать?

— Маша, запрос разум Лукоморья на прямой контакт, — это тетя Света, она с мамой говорит.
— Лада, подумай, что и как им сказать, чтобы пугались меньше.

Кому «им», и так понятно, но вот само по себе такое доверие дорогого стоит. Перед нами на экранах появляются синие закорючки — управляющие элементы. Теперь мы с Ладой можем говорить березкой, печкой, другими предметами в «сказочной избе». Голос Ладушки и мой, конечно, будет изменен в соответствии с характером предмета, но вот слова наши. И одна ошибка может стоить очень дорого, поэтому ошибаться нельзя.

— Приготовиться к экстренной эвакуации гостей, — слышу я спокойный мамин голос.

Это она нас подстраховывает. Если мы ошибемся, если они испугаются, если еще что — доктора и спасатели будут готовы. По-моему, это очень хорошая мысль, да и маме всяко виднее. Тети кивают нам, причем все вместе, показывая свою поддержку, Лада улыбается.

— Добро пожаловать в волшебную страну! —

торжественно произносит она. — Вы заслужили отдых!

— Кто это говорит? Кто? — мальчик на экране разворачивается, явно что-то делая с тем, что считает оружием.

— Вы заслужили отдых! — повторяет Ладушка. — Здесь ваше оружие не работает, ибо войне не место в сказке!

— Тай! — девочка на экране прижимается к спине мальчика. — Ты будешь смеяться, но, по-моему, это местная флора говорит...

— Как флора?! — поражается Тай, еще раз попытавшись что-то сделать с оружием. — Действительно, не работает... Может быть, это галлюцинации?

— Тай... — шепчет девочка по имени Дана, кажется, — можно я прилягу, а то после стимуляции...

Он бросает оружие на землю, сразу же беря ее на руки. Мальчику тяжело, даже очень, поэтому он опускается с девочкой на руках на траву. Я же ищу на экране удаленное сканирование. По идее, Лукоморье имеет сканеры состояния здоровья, а Лада всхлипывает.

— Стимуляция — это боль, — объясняет она мне. — Очень сильная боль, и, судя по тому, как

Дана себя ведет, ее за что-то очень сильно наказали, ведь она едва стоит. Но они непохожи на нас...

— Значит, могли избить, — тетя Лера всхлипывает. — И это были взрослые. Детям нужны мама и папа, но они просто никому не поверят, так?

— Да, — кивает Ладушка моя. — Тут или усыпить и не спрашивать, или попытаться договориться... Я... Я попробую.

Тети садятся поближе к нам, а тетя Таня обнимает Ладу, даря ей поддержку, ведь они обе понимают, о чем говорят, — это только я не представляю себе, как ребенку можно делать больно. Такое просто непредставимо, ведь для Человечества дети превыше всего.

— Опять двое искалеченных детей, — вздыхает тетя Таня. — Интересно, почему и как они попали именно сюда?

— Возможно, отметились Творцы, — отвечает ей мама по трансляции. — Или же мы чего-то не знаем о мире.

— Или «и», — замечает тетя Света.

— Или «и», — соглашается с ней мама. — Работай, Ладушка, работай, ничего не бойся, — продолжает она.

От ласки в ее голосе мы улыбаемся оба. Я показываю на экране своей самой-самой девочке, что мы можем сделать. Если гости не в состоянии двигаться, то можно показать «волшебство», вопрос только, как они его воспримут... Стоп, а если выпустить Бабу Ягу? Она квазиживая, повредить ее сложно, а мы сможем уровень агрессии оценить... По-моему, мысль хорошая.

Поиск взаимопонимания

Лада

Гости мне сразу же кое-кого напоминают. Отличие только в том, что у них имена есть, а так — ведут себя в точности, как старшие ребята. Может быть, с ними случилось то же, что и с нами, но при этом они смогли выжить? Нет, не сходится, мальчик говорит о том, что их учили убивать, но ведет себя странно — не прячется и машет для чего-то руками, явно отчаиваясь от отсутствия результата.

— Магия не отвечает, — насколько я вижу, с трудом держа себя в руках, произносит он. — Вообще никакая, а мы ведь в своем теле! Должна же быть!

— Это если нам не врали, — замечает расслабленно лежащая на траве девочка. При этом она старается спрятать тыловую свою часть, возможно, рефлекторно.

Выходит, девочку сильно побили, при этом она не плачет постоянно, как я когда-то, а рассуждает. Значит, привычна к тому, что с ней сделали? Звезды, как же это страшно! Если девочку били, значит, мальчика тоже, вряд ли он просто стоял и смотрел...

— Надо их просканировать на повреждения, — негромко сообщаю я своим, получается, сестрам. Они большие тетеньки, но мама и папа у нас те же — значит, сестры.

— Только в доме возможно, — вздыхает Таня, которая все равно тетя, потому что просто по имени ее звать сложно.

— Тогда... — я задумываюсь, но спрашиваю совсем другое. — А почему вы нам общение доверили?

— Наше детство давно прошло, — очень мягко объясняет мне она. — Мы уже и не всё помним, а вам с Васей будет проще, понимаешь?

— Бабу Ягу выводить надо, — произносит Вася, едва лишь я успеваю кивнуть. — Оружие их не действует, а повредить квазиживую...

А ведь действительно! Если даже агрессия будет, то хотя бы узнаем, какая именно! Ну и чего конкретно они боятся, тоже узнаем, потому что страх бывает разным. Я больше всего боялась стимуляции. Даже смерти не так боялась, как... А они? Ведь, выходит, воины они, значит, смерти не боятся же. Я помню, воинов тренировали на отсутствие страха смерти...

— Принято, — кивает незнакомый мне дядя. — Основная задача?

— Переместить в дом, — коротко отвечает ему Таня. — И там сразу же сканирование. Работаем аккуратно, потом отдаем практикантам.

— Выполняю, — кивает он, что-то делая со своим экраном.

Васина мама в рубке пока остается, на случай, если придется действовать быстро: усыплять, транспортировать на корабль, лечить... Она из рубки руководит работой группы, а мы все тут. Так приятно ощущать себя важной не только Васе, но и в общем — для людей.

На экране в это время показывается отсчет до выхода Бабы Яги, а я все думаю, что же мне напоминает такое поведение. Это точно не из нашего прошлого, папа, по-моему, что-то такое рассказывал или похожее...

— Те... Таня, а можно с папой связаться? — интересуюсь я у сестры, а она реагирует улыбкой. — А лучше вообще позвать!

— Попробуем, — кивает она мне, а потом трогает свой экран. — Маша! Папу позови! Лада считает, он нужен, а я не знаю.

— Вот прямо так? — удивляется тетя Маша, которая тоже сестра, но я ее совсем не могу просто по имени звать, потому что она очень умная.

Они о чем-то говорят, а я наблюдаю за происходящим на экране. Я вижу — гости сильно удивились квазиживой, но не испугались. Это может значить, например... ну, могли никогда стариков не видеть. Или именно так одетых. Поэтому слушают оба Ягу спокойно, но не шевелятся, а Дана, кажется, засыпает.

— Пожалте в дом, гости дорогие, — сообщает им Яга. — Только вас и ждем!

— Как так? — не понимает Тай. — Вы знали, что мы здесь появимся?

— Здесь сказка, юный Тай, — сообщает ему квазиживая. — А двери сказки открыты лишь хорошим людям.

— Вы нас... — девочка Дана выглядит как-то совсем бледной.

— Таня! — зову я сестру. — Надо их срочно в дом!

В этот самый момент часть земли с травой, на которой устроились гости, взлетает, чтобы немедленно улететь в дом, при этом глаза обоих становятся очень удивленными. Картинка меняется на комнату внутри дома, она «горница» называется. Оба гостя обнаруживаются на лежанке, не помню, как она называется, а Яга им вещает что-то об отдыхе.

— Вэйгу, удаленное сканирование! — коротко командует, как выстреливает, Таня. — Срочно и на полной мощности.

— Сканирование выполняется, — слышится в ответ, но это не голос Вэйгу.

Ну правильно, так разум медотсека только на кораблях Флота зовут, а у Лукоморья сказка может быть совсем другой, как папа говорит. Поэтому и отвечает не наш Вэйгу, хотя корабли обмен, конечно же, ведут. Я не знаю, как это точно происходит, просто слышала от мамы, что в таких случаях мощности всех медиков объединяются.

Удаленное сканирование больше времени занимает, чем обычное, поэтому Яга на экране в этот момент на стол накрывает. Вот только гостям нашим из неведомых далей совершенно незнакомы ни чашки, ни бублики, ни пряники... То есть они питались как-то иначе, но вот как именно, понять я не могу. Вокруг меня, правда, взрослые, они точно смогут понять.

— Они совсем ничего не понимают, — привлекаю я внимание Леры. — И продукты не узнают, и чая не знают. Может, они издалека и только похожи на людей?

— Генокод, Ладушка, — вздыхает она. — Он идентичен Человечеству. С поправкой на несколько другие условия, но тем не менее.

Это означает, что Тай и Дана происходят из тех же народностей, из которых Человечество возникло, да еще и не могут быть совсем чужими. Так повториться природа не может, нам с Васей это в школе рассказывали. Значит, они или из затерянной колонии, или из какого-то параллельного пространства. Я других вариантов не знаю. Затерянная колония — это сказка, на самом деле, как Китеж, но против фактов идти сложно.

Мне кажется, я немного старше становлюсь. Наверное, это из-за котят случилось. Надо будет, кстати, узнать, как они там. Но вот есть у меня ощущение, что я старше становлюсь — плакать уже не хочется и меня к Васе тянет, но это понятно почему. Он для меня единственный, и другого никогда не будет, это особенность нашей расы. В пору первой крови подобное случается, так что у меня все вовремя, хоть по людским меркам я и маленькая.

На экране двое уже очень бледных детей пытаются понять, что именно им рассказывают. Яга пытается объяснить, что такое чай, бублики, баранки, но ее, по-моему, не воспринимают. Я поднимаю голову от экрана, чтобы посмотреть на Таню, потому что чувствую: что-то очень нехорошее с гостями происходит. Они выглядят так, как будто едва справляются с внутренней болью, я-то знаю, как это бывает. И вот когда я уже хочу громко спросить, звучит прерывистый сигнал.

— Внимание всем! — в трансляции голос нашего Вэйгу. — Опасность для жизни ребенка!

Самый страшный для людей сигнал буквально встряхивает всех. Взрослые начинают работать очень быстро, а «Марс» готовится к эвакуации гостей. Опасность для жизни — это очень серьезно, потому что квазиживые паниковать не умеют, и если эти страшные слова сказаны, значит, дорога каждая секунда.

Татьяна

Пока «Марс» выкидывает эвакуационный бот, Лукоморье получает приказ гостей усыпить. Ситуация у нас экстренная — им жить, согласно заключению Вэйгу, осталось минуты. Я бегу в госпиталь, не в медотсек, который на каждом радиальном уровне есть, а в госпиталь корабля — готовить капсулы и разбираться с ядами в телах детей.

Согласно заключению, у них опаснейшие яды в теле, ишемия мозга, не держит сердце... Что с ними произошло, мы пока не знаем, да и мнемограф с такими поражениями мозга просто нельзя. Так что первоочередное — вывод ядов и лечение. При этом будить нельзя, потому что после лечения они попадут обратно в «сказочную избушку».

— Дети уснули, начать эвакуацию, — слышу я напряженный Машкин голос, а передо мной мелькают переходы: бегу я со всех ног.

Когда-то очень давно папа спас всех нас — запуганных, умирающих от лучевой болезни, от космического вируса. Спас и согрел каждую из нас. И мы доверились ему, потому что у нас была мама, да и он сам оказался просто волшебным папой, а у этих двоих нет никого, кроме них самих, просто вообще никого, я это очень хорошо понимаю. И Машка это понимает, и Лерка, а вот Лешка из «щитоносцев» подобного даже представить себе не может, нет у него такого опыта.

Я влетаю в госпиталь, помаргивающий сигналами ожидания, и всматриваюсь в экран. Удаленное сканирование несовершенно, но даже то, что удалось установить, уже очень серьезно. Мне кажется, этих двоих лучше всего поймет тезка моя, которая дочка Вики; впрочем, это обсудим еще, сейчас главное спасти.

— Принять эвакуационный бот в трюм, — слышится голос командира звездолета. Все правильно, ситуация у нас экстренная, время играет очень большую роль.

Я почти вижу в своем воображении, как капсулы со спящими детьми специальным подъемником отправляются сюда — с огромной скоростью в разряженном для снижения сопротивления воздухе. Принцип тот же, что и у пневмопочты, потому стоит ждать с минуты на... Оп! С тихим звоном в госпитале оказываются две капсулы стандартного образца. Квазиживые молниеносно избавляют детей от одежды, укладывая в лечебные.

— Одежду на анализ, — приказываю я, потому что инструкции писаны кровью.

Так, что у нас тут... Вывод ядов начат, поверхностные повреждения... Ой. Я очень хорошо знаю из своего детства, что означают эти поверхностные повреждения — детей били до обморока, причем именно били, судя по всему. Хотя нет... не только...

— Маша, — зову я сестру. — Они как из лагеря, в крови яды трех видов, галлюциногены, усилители агрессии.

— Я это подозревала, — отвечает она мне. — Еще что?

— Повреждение кожного покрова, мышц, и... — я тихо сообщаю ей, что мне показывает экран диагностики, на что сестренка реагирует очень экспрессивно, потому что больно им делали очень по-разному, а не только били, получается. — Адреналиновый шок, ишемия мозга, как будто они испытывали нехватку кислорода, ну, помнишь...

Записи Отверженных мы все изучали, конечно. Мне положено, потому что я врач, а Машка и сестренки — по долгу службы. Так вот, там описывались результаты кислородного голодания —

последствия экспериментов на детях. Хорошо, что Отверженных больше нет, потому что за такое я даже и казни адекватной не придумаю. Но, выходит, опять то же самое? Из прошлого или... Неясно.

— Работай, Танечка, — тяжело вздыхает все понимающая Маша.

И я работаю, вот только коктейль веществ в крови детей мне совершенно непонятен. Можно было бы объяснить какой-то «магией», которая, по свидетельству мальчика, «не работает», то есть с детьми играли, но так как вещества активны... Или, возможно, еще какой-то яд стал таковым в результате изменения? Возможно такое?

— Вэйгу, прямой канал с центральным, — спокойно командую я.

Подтверждения не требуется, что демонстрирует небольшой знак синхронизации каналов, зажегшийся на экране. Мне нужны данные центрального госпиталя флота, который сейчас загружен детьми почти до упора. Но вот именно текущая ситуация дает мне абсолютный приоритет.

— Мозг и прочие органы лечить после вывода ядов и устранения поверхностных повреждений,

— сообщает мне госпиталь. — Мнемографирование только поверхностное.

Тут я согласна — нужно считать самые базовые и наиболее травмирующие образы. Это просто необходимо, так будет правильно. Очень хорошо, что существуют инструкции, помогающие принять решение в сложных случаях, хотя папа эту инструкцию видел очень в далеких краях, спасая меня с сестренками.

Я заканчиваю задавать программу лечения, Вэйгу подтверждает синими и зелеными индикаторами, а дети спят. Я замечаю, что девочке, судя по карте повреждений, досталось больше, что возвращает меня к мысли об Отверженных. Им почему-то особенно нравилось мучить именно девочек. Множество примеров этому, причем они получали какое-то совершенно непонятное удовольствие именно от девичьих слез. Значит, есть вероятность, что и тут они отметились.

— Девять суток, — озвучивает мне Вэйгу вероятные сроки окончания лечения.

— Благодарю, — киваю я и разворачиваюсь в сторону выхода.

Теперь автоматика под управлением квазиживого мозга, соединенного со своими коллегами в единую сеть, будет восстанавливать детей, а я понадоблюсь лишь на этапе мнемографирования. Нам же с Машкой и девочками стоит проанализировать разговоры детей, учитывая то, что мы уже о них знаем. Ну и выработать стратегию общения, конечно. Но что-то мне подсказывает — не зря с нами наши практиканты. Дар у Васьки не самый обычный, он-то интуит, но, похоже, универсал, а таких у нас пока немного.

Интуиты ранее делились на два основных типа — возвратные и общие. Первые прогнозировали ситуации только в отношении себя да членов семьи, поэтому бабушка, кстати, и не почувствовала неладное с тетей Машей, ведь она не возвратная. А вот второй тип может прогнозировать все, что вовне семьи. В последнее время появились новые дары и даже интуиты, объединяющие оба направления. Вот к таким Вася и относится, поэтому с ним сложнее, но Машка справляется.

С такими мыслями я медленно двигаюсь в сторону столовой, чтобы перекусить чего-нибудь, пока квазиживые анализируют одежду детей, да и подумать мне надо: с чего вдруг такое разнообразие ядов. К тому же мы ошиблись изначально с возрастом: развитие тел говорит о максимум десяти годах жизни. Правда, картину может смазывать регулярное избиение, да и поражение электричеством, следы которого фиксируются тоже... В общем, сначала вылечим, а потом будем пытаться сообразить, что это такое было. Ну или они нам сами расскажут.

Да, очень необычный у нас поход получился. Такое ощущение, что нам решили передать всех страждущих одновременно, чего, строго говоря, быть не может — теория вероятностей против. Так что надо сестренок послушать, вдруг идеи какие будут?

Новый мир

Ша-а

У МЕНЯ ЕСТЬ МАМА. НЕ ХИ-АШ, А НАСТОЯЩАЯ МАМА, которая меня вылизывает и очень... любит. Я поначалу не понимаю это слово, но мне объясняют. Внезапно оказывается, что у меня кроме младших есть еще три сестренки постарше и две совсем маленькие. А вот младшие меня забыли — и Си, и Хи, но это хорошо, потому что я сама еще, оказывается, котенок, а вовсе не взрослая.

Очень много новостей сразу заставляют меня поначалу плакать, а потом так страшно становится, но мама... Оказывается, я ее почувствовала и потянулась к ней сквозь пространство, убежав с другого корабля. Я уже ждала наказания за это, но взамен меня берут в передние руки и вылизывают. А еще! Еще они на задних руках ходят! И меня учат так же ходить, потому что так правильно, но почему-то совсем больно не делают.

— Детей бить нельзя, — говорит мне сестренка по имени Аленка, у нее ушки пушистее моих. — Вот совсем нельзя, понимаешь?

Я сначала, конечно, не понимаю, но соглашаюсь с ней, потому что все равно же ничего не могу сделать. Но действительно, мне совсем никто не хочет больно сделать, даже несмотря на то, что генетическая память исчезла и я теперь как Си — ничего не понимаю.

— Садись, сейчас будем учиться есть, — очень ласково предлагает мне мама.

Я уже умею садиться правильно и даже немного ходить на задних руках, которые мама называет «ноги». Я столько новых слов узнала! Жалко, конечно, что старая память пропала, но мама говорит, так лучше, значит, незачем задумываться. А сегодня я узнаю, что такое «папа»! Оказывается, взрослых всегда двое — мама и папа, это нужно для размножения. Правда, как я тогда на свет появилась, если Хи-аш была одна?

Но Хи-аш — не мама, потому что я тоже же не рожала Си и Хи...

Но самое главное — я котенок, оказывается. Мне восемь лет, и до взрослости еще очень далеко. Нужно будет ходить в школу, с самого начала, ведь я ничего не знаю, но мама говорит, что это еще не скоро, а Аленка — это моя сестра, старшая — хочет, чтобы я в какой-то «детский сад» сначала пошла. А я не знаю, как правильно, поэтому слушаю маму.

— Это ложка, — показывает мне мама. — Ею едят, вот так...

Она сажает меня к себе на руки и моей рукой ведет, чтобы я научилась. Мама очень ласковая и добрая, она никогда не сердится и не наказывает, даже когда я не понимаю. А еще очень ласково вылизывает и вдобавок рукой проводит по голове. Это называется «гладить». И хвалит меня, хотя она всех хвалит.

Сейчас она учит меня правильно есть. Не лакать и не сосать еду, а ложкой, потому что еда бывает не только жидкой. Добрые Хи-аш меня вылечили, но мне была так сильно нужна мама, что я к ней сама как-то попала. Я думала, Хи-аш рассердятся, а они сказали в экране, что я хорошая.

Быть хорошей мне нравится. У Си и Хи тоже мама, потому что она одна на всех, но они, оказывается, совсем маленькие. Си меня забыла, но это хорошо, потому что я тоже, выходит, маленькая, и теперь у нас есть «детство». Это слово я не очень хорошо понимаю.

— Вот как хорошо поела Ша-а, — улыбается мамочка. — Просто умница!

— Мама, а можно ты мне другое имя дашь? — прошу я ее, потому что мне не нравится быть Ша-а.

— Вот сейчас папа придет — и получишь новое имя, — хихикает она почему-то.

— Маме бабушка с дедушкой так же имя давали, — не очень понятно объясняет мне Аленка. — Так что сейчас доедаем и ждем папу.

Я согласна ждать, потому что незнакомо же все. А она так о «папе» говорит, с такими интонациями, что я просто изнываю от любопытства — кто же это? Какой он? Иногда мне кажется, что я всегда у мамы была, потому что она просто сказочная.

— Здравствуйте, мои хорошие, — я сначала пугаюсь, но потом понимаю: это не может быть надсмотрщик, у него в голосе просто бесконечная ласка.

— Па-а-а-апа-а-а! — громко кричит Аленка, вылетая к кому-то большому и выглядящему не очень знакомо прямо из-за стола.

— Здравствуй, родной, — говорит ему наша мама, а мне кажется, что вокруг теплее становится от ее эмоций.

Я такого в жизни совершенно точно никогда не ощущала. А необычный... наверное, это «папа»... Он делает всего один шаг, и я вдруг лечу. Я понимаю, почему Аленка так о нем говорит, — потому что сейчас ощущаю себя... Мамочка держит иначе, а в его руках я вдруг чувствую себя защищенной. Пока он держит меня в руках, я понимаю — ничего случиться не может. Совсем ничего, потому что это же он. Почему у меня такое настроение, я и сама объяснить не могу, но мне не хочется ничего объяснять.

— Как дела у моих малышек? — спрашивает он, а я и ответить ничего не могу, будто потеряв дар речи.

— Милый, давай старшенькую назовем, — тут же говорит мама, а он задумывается. Я же сижу в его руках, затаив дыхание — так мне интересно, что будет.

— Хочешь быть Марфушей? — интересуется у меня он.

Я сначала замираю от того, что мое мнение спрашивают, а потом задумываюсь, проговаривая про себя это слово. Мар-р-р-фу-ша. Оно ласковое и, кажется, его мурлыкать можно. А папа гладит меня промеж ушек, отчего мысли убегают и хочется просто ни о чем не думать. Но силы кивнуть я в себе нахожу, неожиданно для себя начиная урчать.

— Ей нравится, папа! — восклицает Аленка. — Точно нравится, потому что урчать может только счастливый котенок, как я!

И она тоже урчать начинает, а папа садится на стул и принимается нас обеих гладить. Это так здорово, так ласково, что я совершенно теряюсь в необыкновенных ощущениях. Папа о чем-то негромко говорит с мамой, а потом берет на руки и других сестренок, отчего урчания в комнате становится больше, потому что невозможно не урчать, когда с тобой так обращаются.

— Тогда будет для начала детсад, — кивает папа. — Вике придется отдельную группу делать для новеньких. Руки-ноги-то им отрастят, но с памятью и навыками совсем никак.

— Очищена? — удивляется мама.

Он говорит непонятное слово, которое я не запоминаю, а потом сестренка мне начинает рассказывать о том, что возможны необычные сны, которых пугаться совсем не надо. Я снов не пугаюсь, хотя они страшные бывают, но я всегда знаю, когда это сон, а когда нет, поэтому и не пугаюсь, наверное.

Все-таки, хорошо, что я к маме сама переместилась, и вдвойне — что за это ничего не было. Мне совсем не хочется боли, даже если я заслужила. Хотя мама же говорит, что боли больше никогда не будет, а я ей очень-очень верю. Потому что это же мама.

Лика

Сашка отправился помогать с найденными детьми, точнее — привезенными десантниками, потому что нужен был именно он со своим опытом эвакуации, а меня тетя Маша дернула потеряшек забрать. И вот тут возникли странности. Сашка тоже считает, что странностей много, но у него свои причины.

Младшая, которую назвали Хи, — ей несколько дней от роду, а так не бывает просто. От той химии, которой накачали детей, она погибнуть должна была. Девочка постарше — Си, с ней что-то странное, потому как двухмесячный возраст, а она себя вела вполне разумно, но развиваются котята так же, как и люди. Тогда как? Переадресуя свой вопрос медикам, я прихожу в ужас — у них срок жизни пять-десять лет, причем достигнуто это именно химией, потому что генетика как раз говорит о другом. Дети, конечно же, моментально оказываются в госпитале, но мне очень интересно, кому такое в голову пришло. Сашка говорит, что командующему тоже интересно, поэтому флот ищет.

Сейчас-то уже все приходит в норму, да можно сказать, пришло. Марфуша стала ребенком, как ей и положено, Хиша пускает пузыри, лежа рядом с такими же сестрами, а Синь наслаждается вниманием и учится всему заново. Но ситуация, конечно, непростая и совершенно непонятная. Я понимаю, что мы не сможем остаться в стороне, и подозреваю, впрочем, что это неспроста. И тут в голову мою приходит мысль, заставляя связаться с мамой.

— Мама, — я будто чувствую тепло ее рук сквозь экран. — У меня появилась мысль, что такой поток детей — это не просто так, а стимуляция.

— Умница ты моя, — хвалит меня моментально сделавшаяся серьезной мама. — Мы о ней не подумали.

Меня мама похвалила! Пусть я уже взрослая, у меня у самой дети, но от маминой похвалы я вся просто расплываюсь. А мама не отключается, присоединяя к разговору все больше теть. Они сильнейшие интуиты среди людей, поэтому точно смогут сказать, чушь или нет мне показалась.

— Ты хочешь сказать, что нас мягко стимулируют взять на себя функции наведения порядка? — интересуется очень серьезная тетя Маша. — Это вполне возможно, учитывая, что Творцы...

Вошедшие в легенды и сказки разных рас, Творцы выполняют именно эти функции, прекратив свое развитие. Это нам наши друзья рассказали. И, если вдруг они захотели идти дальше по пути развития, вполне могут думать о том, что им замена нужна. Но это неправильно же... С одной стороны, нельзя пройти мимо страдающего ребенка, но с другой — у каждого есть право на свои шаги и свое развитие, нельзя вмешиваться в процесс.

— Надо позвать Творцов и прямо их спросить, — сообщает подслушивающая Аленка. — Во-первых, они тоже делают ошибки, а, во-вторых, учитель говорит, что всегда лучше спросить.

— Малышка права, — улыбается мама. — Решать будет Человечество, но вот подменять собой естественный ход развития неправильно. Это все равно что вытирать слезы и сопли упавшему малышу, но тут речь о народах...

Они разговаривают, а на экране квазиживой интеллект выстраивает находки последних лет в схему. Получается, нас действительно мотивируют. Может ли такое быть? Ну вот началось все с мамы, затем было прошлое... хотя нет, прошлое было потому, что оттуда началось современное Человечество. Вот только если все так, то Творцы нечестно поступают, фактически заставляя людей занять их место. Но так нельзя...

Ой, Сашка! Объятья, поцелуи, и... разумеется, он знает о прибавлении, я ему сразу же рассказала, но вот реакция Ша-а, вмиг становящейся Марфушей, — она мне все говорит. Правы доктора: вся память детей была индуцированной и как-то завязанной на химию в их организмах. Для чего-то их пугали именно людьми, то есть надсмотрщики, делавшие очень больно, в памяти моей новой доченьки — именно гуманоиды. Они отличаются там от нас не только разрезом глаз, который, кстати, не так сильно и разнится, просто будто утрирован. Нет мотива у космической цивилизации для такого изменения, а оно именно изменено, потому что природа подобных вещей не любит. Это, конечно, не мои слова, но запомнила я их хорошо.

— Аленка считает, надо Марфушу в детский сад для начала, — сообщаю я мужу. — У меня еще обучение, но тут придется брать паузу, потому что детям я нужна постоянно.

— Значит, будет детский сад, — кивает Сашка. — Тем более что найденыши от новорожденных вообще не отличаются — только базовые навыки, и все. При этом мнемографирование совсем не помогло.

— Клоны, что ли? — удивляюсь я, потому что этот вариант единственный.

— Клоны, — кивает он, — но специфические. Такое ощущение, что созданы в принципе искусственно. Сейчас с ними работают, но есть у меня ощущение...

Я понимаю, почему Сашка замолкает. Малыши, которые на первый взгляд просто измученные дети, могут не иметь разума. То есть визуально они дети, а вот фактически — даже не животные. Мне такое осознать проще из-за моего прошлого, а вот людям нет. Сашка объясняет мне, что структура мозга найденышей слишком простая. Я это утверждение не очень хорошо понимаю, поэтому он меня ведет к экрану, чтобы показать разницу.

Для меня пока подобные термины чересчур сложные, но одно я вижу очень хорошо: найденыши отличаются от всех прочих, и сильно. Стоит мне задуматься об этом, и я понимаю, что подобное может означать — приманка. Выглядящие искалеченными детьми найденыши могли быть приманкой, причем приманкой именно для нас. Но кто знал, что мы пойдем искать? И на что они надеялись?

— Приманка, Саша, — вздыхаю я. — Это просто приманка, но зачем?

— Видимо, они не ожидали, что мы гостей через медотсек проведем, — тяжело вздыхает он. — Ну или нечто подобное.

— А могли ли Творцы так нам показывать, что без нас не обойтись? — спрашиваю я его.

Саша мой задумывается, затем качая головой. А я пытаюсь представить, что речь идет о котятах. Ну вот, допустим, я бы нашла искалеченных котят, стала бы я их глубоко проверять? А вдруг и тут бы не стали, а у них внутри есть что-то опасное?

— Саша, а вдруг у найденышей внутри что-то? — сразу же переадресую я вопрос.

— Уже нет, — улыбается он, двигаясь с дочками в сторону комнаты отдыха.

Понятно все, играть будет, ну и учить играть малышек, а мне пора кормить самых маленьких. Доченьки сейчас попросыпаются и будут требовать маминого внимания, еды, вылизывания и игры, конечно, ведь они развиваются.

Думаю, обо всех находках доложат в трансляции, а пока думать ни о чем не надо, потому что есть взрослые мудрые Разумные, которые разберутся сами. Но если это работа Творцов, то они очень некрасиво поступают. Мне кажется, это понимают и другие, потому можно и не думать о том, что будет.

Подозрение

Мария

Лика очень умная девочка. Именно ее предположение более всего походит на правду, потому как открытия у нас так себе. Найденные отдельно мальчики и отдельно девочки, по заключению экспертной комиссии, вообще не живые. Сердце-то у них бьется, мозг базово работает, но... С одной стороны, странные приборы внутри тел, с другой — вообще что-то непонятное. Нам, разумеется, сообщают о находках, но вот логике это не поддается совершенно.

— Маша! — командир нашего звездолета выглядит озадаченным. — Сообщение с Чжэньсяо для тебя.

— На экран, — киваю я.

У котят теперь будет детство. Именно на поиски этой самобытной цивилизации и ушла часть флота, ибо выглядит ситуация сильно так себе. Хотя, если подумать, то этим мы идем на поводу у Творцов, если права Лика. Но сделанного пока не вернешь. Мне же надо хорошо подумать, пока лечатся Тай с Даной. Еще с ними много открытых вопросов, учитывая, что определить, откуда и как они появились, так и не удалось. Есть много мнений... Впрочем, я отвлеклась.

Нажимаю сенсор приема, но сообщение идет текстом, что уже интересно. Обычно предпочитают изображения и голос, а тут вдруг текст и ничего сверх того. На Чжэньсяо расположен центр науки Человечества — крупнейший исследовательский центр, поэтому тема сообщения угадывается сравнительно легко, а вот его суть... А суть как раз в тему высказанной Ликой идеи. Кажется, совсем недавно ее Сашка спас, а уже превратилась из испуганной замученной девчонки во вполне разумную, умеющую думать и рассуждать. Итак...

— Витя, найденышей помнишь? — интересуюсь я у командира «Марса», выжидательно глядящего на меня.

— Которые по двум кораблям распиханы были? — отвечает он вопросом на вопрос. — Помню, как не помнить...

— Это клоны, Витя, причем нежизнеспособные, — негромко произношу я, рассматривая схемы и графики. — Но корабельные Вэйгу, да и госпитальный этого не определили. Но самое веселое знаешь что?

— М-м-м? — он заинтересован, даже очень, ибо разговор с Ликой слышал.

— Внутри каждого неизвестный нам прибор, но точно не взрывчатка, — я несколько удивлена, чтобы не сказать больше. Потому что прибор, построенный на иных... Оп-па! — Прибор, построенный на иных физических принципах, — цитирую я сообщение. — Ну-ка, Витя, дай мне приоритет связи.

Я хочу связаться с нашими друзьями. Они нам помогают со своей академией Творения, как они это называют, но вот сейчас мне нужно выяснить довольно сложную штуку — не можем ли мы как-либо позвать Творцов, ибо этот след не может быть ничем иным, кроме подталкивания к развитию и мягкой мотивацией. То есть, Лика права. Почему мне это не нравится... Во-первых, каждая раса должна самостоятельно пройти свой путь, во-вторых, подобная мотивация неправильна по сути своей, а, в-третьих, не люблю я насилия, а это — именно насилие, как его ни назови. Именно поэтому я вызываю на связь наших друзей.

— Здравствуй, Мария, — воздев щупальца в приветствии, Арх показывает мне, что рад нашей встрече, хоть и через экран.

Иначе придется надевать скафандр, потому как среда обитания наших друзей совсем иная, а их воздух для нас ядовит, как и наш для них. Судя по тому, как именно он радость демонстрирует — Арх не просто мне рад, но еще мой звонок для него давно ожидаем, что в свою очередь означает... Не знаю, что это означает, трудно даже предположить.

— Здравствуй, Арх, — улыбаюсь я ему. — У меня к тебе вопрос о Творцах. Дело в том, что нас, судя по всему, мотивируют на предмет занять их место, но мне лично такой подход не нравится, а начинать противостояние не хочется.

— Не беспокойся, Мария, противостояния не будет, — качает он передней парой щупалец. — Расскажи мне, пожалуйста.

Задумавшись на мгновение о причинах его уверенности, я выстраиваю информацию в удобном для Арха порядке. Логика друзей все-таки несколько от нашей отличается, поэтому, пока мы в периоде адаптации друг к другу, мне нужно быть очень внимательной в отношении подачи информации. Итак... С чего все началось? Впрочем, нет, нужно рассказать только то, чего Арх не знает, а то обидится — у них довольно непростые эмоциональные взаимоотношения. Итак...

Первыми можно назвать котят под какой-то сложной химией, при этом их «память», в том числе несущая базовые навыки, завязана именно на химию. Дети, считающие себя узниками, явно уничтожаются по совершеннолетию. Совсем что-то странное, что выдает либо совершенно чужую логику, либо мы чего-то не знаем. Далее, у нас три группы потеряшек. Во-первых, отдельно мальчики и девочки, оказавшиеся вообще нежизнеспособными организмами, во-вторых, неизвестно откуда упавшие на Кедрозор дети в довольно тяжелом состоянии здоровья, да еще и в панике. Ну и суммарная плотность «найденышей» слишком большая. Может быть и такое, конечно, но тут мы опять имеем преимущественно Винокуровых, а это уже совсем неправильно. Объяснение такому я слышала уже, конечно, но обещали же, что больше испытаний не будет... Впрочем, обещать и испытывать могут разные существа.

— Вот и выходит, — вздыхаю я, автопереводчик пририсует мне щупальца и правильно ими будет оперировать, это я знаю — элементарные функции. — Либо у нас нечто, противоречащее нашим знаниям о природе вещей, либо кое-кто нас стимулирует, вынуждая брать на себя ответственность, при этом ставя в безвыходное положение, если исходить только из нашего критерия разумности, причем целят именно в Винокуровых.

— Потому что вы показали незацикленность на инструкциях, — изображает жест согласия Арх. — Пока что мне не видится противоречий. И что вы хотите?

— Поговорить с Творцами, — объясняю я вполне естественные для меня вещи. — Потому что так поступать нельзя, это же принуждение почти!

— Правильно, — кивает наш друг. — Передай-ка все материалы по вашему путешествию, что-то мне кажется странным...

Вот это, пожалуй, сигнал тревоги. Эти друзья всегда вели себя по отношению к нам именно как друзья, поэтому такая просьба может значить очень многое. Протоколы мы, разумеется, передадим, но проблема же не в этом, а в мимике Арха. И вот кажется мне, что ответ будет мало того, что не самым простым, так еще и не понравится нам совсем. Хотя подобное принуждение, если это оно, понравиться совсем не может... Хорошо, что я с трансляцией не поспешила.

Василий

Котят забрали к маме, Тая и Дану — лечить; заняться, на первый взгляд, нечем, поэтому я подслушиваю. Лада отдыхает, ей поспать надо, а я пока нахально подслушиваю, о чем мама говорит с нашими друзьями, интересно же! Вдвойне интереснее то, что у нас, выходит, тайны какие-то проклюнулись.

Подслушать разговоры по внешней связи довольно просто — нужно обосновать корабельному разуму свой интерес. Тут все зависит от разума, но вот «Марс» отличается от других кораблей. Во-первых, транспортировка детей на нем практически исключена, во-вторых, используется он для перевозки группы Контакта, поэтому аргумент «надо», воспринимается вполне адекватно. Мы с Ладой члены группы, а это значит, что права у нас те же самые.

Подключаюсь я как раз в тот момент, когда мама рассказывает нашему другу о находках. Оказывается, пока мы котятами занимались, «Марс» обнаружил детей в заморозке, вот только мама говорит, что они не дети и вообще живые относительно. А это значит, что их специально подготовили. По крайней мере, я так понимаю то, что она говорит. Ну и вообще, получается за короткий промежуток времени у нас много найденных... И с котятами надо разобраться, потому что наши иначе не умеют, и непонятные «дети», и еще эти двое, в очень плачевном состоянии, но неизвестно, откуда взявшиеся на катере Врага.

Тот факт, что прилетели они на малом корабле, который видели у Врага — это полбеды. Неизвестно, откуда вообще он взялся — такие катера не имеют субпространственного двигателя, ибо деть его просто некуда, тем не менее, основной звездолет никто не видел. Но мало того — насколько я видел, состояние Тая и Даны такое, как будто их чуть ли не через что-то страшное проводили. Поэтому совершенно непонятно, что именно с ними произошло.

— Ты права, Мария, — звучит с экрана, при этом наш друг делает какие-то жесты щупальцами, но понять я их не могу — я же подслушиваю, поэтому автопереводчика и нет. А голос у него ровный, без интонаций. — Мы можем позвать тех, кто зовет себя Творцами.

Вот знал я, что наши друзья не так просты. На самом деле, это логично — они же учат творцов, значит, знают и умеют много больше. То есть необычные у нас друзья и теперь они уже готовы помочь. При этом тот, кого мама Архом зовет, считает, что она в предположениях права. А раз мама права, то, выходит, Человечество действительно хотят подтолкнуть к функции щитоносца, только в рамках Галактики. Только, по-моему, это подло. Насколько я понимаю, для мамы это все тоже не совсем честно, поэтому она и связалась с нашими друзьями.

— Вася, — вдруг произносит мама. — Бери Ладу и топай в рубку, будешь подслушивать с комфортом.

От неожиданности я разорвал канал связи, которым до этого момента пользовался. Выходит, она знала, что я подслушиваю, но никак не дала это понять мне до сего момента. Значит, надо будить Ладушку и топать в рубку, мама ничего просто так не говорит. Несмотря на то, что нам по двенадцать, никто не будет от нас что-либо скрывать, это нормально. Раз уж я сам полез, то меня просто берут в круг общения, давая возможность оценить самому информацию, которой располагают взрослые. Интересно, а что будет, если Творцы проявят агрессию? Теоретически, они же могут...

Я иду обратно в нашу каюту, благо она совсем рядом. Ладушка моя как чувствует — сразу глаза открывает, в которых светится вопрос, но я сначала обнимаю мою самую лучшую девочку на свете. Обнимаю ее, глажу, рассказываю, какая она прелесть, на что Лада улыбаться начинает и вполне ощутимо расслабляется. Интересно, о чем она подумала?

— Одевайся, душа моя, — говорю я ей, — нас мама в рубке ждет.

— Ой... — вполне ожидаемо реагирует она, резко вставая.

Это обращение — «душа моя», я слышал от дедушки, он так бабушку называет. Очень оно мне тогда понравилось, вот и ввернул сейчас. Ладе, судя по всему, тоже по нраву пришлось — даже покраснела слегка и смутилась. Папа говорит, что смущение бывает хорошее и не очень, но это сейчас точно хорошее, я так чувствую.

— А что будет? — интересуется Лада.

— Ну, слушай, — начинаю я свой рассказ, беря ее за руку. — Мама думает, что слишком много у нас совпадений, да еще пока мы заняты были, они обнаружили кого-то, на детей похожих, понимаешь?

Рассказываю я, конечно, немного сумбурно, даже сам это чувствую, но милая моя просто кивает, никак не комментируя, пока мы к рубке идем. Понял-то я не совсем все, но вот что понял, об этом и говорю. Лада же просто кивает, потому что понимает, скорей всего, больше меня. Я же ее уже хорошо знаю, вот и вижу то легкую улыбку, то уверенный кивок, то просто рефлекторное движение. Значит, не все так просто, как мне кажется, и самая лучшая девочка на свете мне сейчас о своих выводах расскажет.

— Приманка это, — вздыхает она, прижавшись ко мне. — Либо, чтобы обязательно отреагировали, либо... — в этот момент мы входим в рубку, и продолжает она, глядя уже на маму: — Тетя Маша! А если эти приборы вместе собрать, могут они быть бомбой?

— Вместе собрать... — медленно произносит

она, при этом глаза у нее становятся очень удивленными.

Мне же становится нехорошо — вместе собрать могли в госпитале, детском саду, школе. И в случае какой-либо катастрофы там, мы бы, наверное, хотели отомстить или хотя бы выяснить мотив: кто именно автор такого. И вот тогда Человечество принялось бы совершенно точно наводить порядок. Могло ли быть это попыткой спровоцировать нас именно на то, о чем говорила мама?

— Внимание всем! — громко командует она, приказывая разделить «найденышей» и ни в коем случае не собирать найденные в них приборы в одном месте.

Мама предпочитает работать быстро, что показывает ее доверие, а я все пытаюсь уложить в голове то, что мне представилось. Лада улыбается, ведь она очень ценит доверие взрослых, как и все мы, дети в смысле. Это ведь правильно — мы доверяем нашим взрослым, а они нам, потому что доверие не может быть только с одной стороны, оно или есть, или нет.

— Но если это так... — я сам не замечаю, как проговариваю вслух результат своих размышлений. — Тогда они не могут быть разумными. Ну те, кто это все устроил.

— Правильно, сын, — кивает все понимающая мама. — Если это действительно так, то разумными в нашем понимании Творцы не являются, и, что тогда делать, я не знаю.

В рубке в этот миг все будто замирает, даже командир корабля, которого я в первый момент не увидел, — и тот не шевелится. Взрослые пытаются осознать сказанное мамой.

Неведомое. Тай

Нас должны были перевести в старшую группу, чего мы ждали, как и все младшие. По идее, после экзаменов должен был начаться перевод, как только старшие отправятся на выживание. Впрочем, кого я обманываю — не могло быть никакого выживания, потому как старших так или иначе убили бы.

В сказку о вирусе агры не верят. И кураторы наши не верят, потому что эта сказка нелогична. А вот отказ от агра... Есть те, кто надеется еще на то, что от нас могли не отказаться — в основном девочки, а мальчики же редко когда. Ну у меня еще есть секрет, как и у Даны, кстати, — мы можем проникать в мысли существ. Сохранить это в тайне даже от старших было очень непросто, но мы смогли. Дана умеет чувствовать эмоции куратора, я же могу неглубоко проникнуть в его мысли, как мне кажется. Магия в этом сильно помогает, хотя куратор умеет защищать голову. Именно поэтому я знаю, что боль стимуляции придумана не для того, чтобы мы чему-то научились, а для удовольствия куратора. Ему очень нравится смотреть на мучения нас, при этом он получает удовольствие, помогая себе рукой в кармане.

У нас никогда не было родителей. Несмотря на то, что нам вдалбливают, я точно знаю: ни у меня, ни у Даны мамы и папы, отказавшихся от агра, не было. Напарница моя просто не верит в то, что мать может бросить ребенка, вопреки тому, что именно об этом нам говорят семь лет, но воспоминания о родителях какие-то ненастоящие. Нет деталей, а только яркие картины, однако при этом я осознаю, что люди нас предали, обрекая на боль и одиночество. Вот этот факт точно имеет место быть.

Вчера двоих старших выкинули в космос. Посадили в «экспериментальный» катер и выкинули. Взрыв его видели все, по-моему, ну а затем простимулировали нас так, что мы и шевелиться почти не можем. У меня ощущение, что я просто умер уже от боли, а Дана только тихо плачет. Не дай Звезды, кто-то услышит — пожалеем, что родились.

Поднимаюсь на руках, чтобы выглянуть в иллюминатор. Индивидуальные каюты у нас всего неделю как, раньше были разделенные пластиком небольшие закутки. Я хочу подползти к напарнице, чтобы успокоить ее, пока не набежал куратор, но тут что-то цепляет мой взгляд. За окном медленно проплывает удлиненная чечевица корабля «Спасителей». Так нас заставляют называть киан, которые и виновны в очень многом. Но вот факт того, что они к нам пожаловали, да еще после того, как погибли курсанты, означает очень плохие вещи.

— Дана, заканчивай, — негромко прошу я напарницу. — Киан прибыли.

— Ой... — тихо реагирует на это известие Дана. — И что теперь?

— Они стыкуются к четвертому шлюзу, насколько я вижу, — глядя на эволюции черного корабля, заключаю я. — Значит?

— Младшие, — коротко отвечает мне она.

— Младшие, — киваю я, с трудом поднимаясь на ноги. — Если их тронут, как старших, надо будет быстро бежать.

— А помочь... — начинает она, но понимает всю глупость этого предложения.

Помочь мы ничем не можем, мы даже не пушечное мясо, а смазка для ножа. Ничего особо не умеем, едва двигаемся, боимся, на самом деле... Я совсем не герой, хотя за Дану убью кого угодно. У меня нет больше никого, как и у нее. Я помогаю ей встать, привести себя в порядок, тянусь уже к рюкзаку, будто в насмешку названному «тревожным», хотя ничего там нет, и в это время мне вдруг слышится чей-то дикий крик, а за ним еще один. Наверное, это воображение, потому что слышать тут мы никого не можем, но затем слышится звук сирены, и станция явственно приходит в движение. Что именно происходит, я не понимаю, только хватаю за руку Дану, чтобы бежать, неважно куда.

— Внимание! — звучит механический голос. — Объявлена эвакуация. Всем немедленно занять места в спасательных капсулах!

— Дождались, — цежу я сквозь зубы, вполне понимая, что происходит.

Происходит восстание, судя по всему, при этом кто-то из старших решил позаботиться и о нас, ведь нас сейчас будут убивать. Киан просто уронят станцию на планету, и не будет больше никого. Это если они не убьют всех физически здесь. Их корабль пристыкован к станции, значит, просто так уронить нас они не могут. Значит, у нас есть шанс.

— Бежим! — приходит в себя Дана, утаскивая меня к дверям. — Я знаю, где боты!

Ну, где боты, знают, положим, все. Но я доверяю напарнице, поэтому быстро бегу туда, куда она меня тащит. То есть к ботам, причем, судя по всему, двойного назначения. Это означает, что мы можем управлять судном, и это в данном случае плюс — нам нужно убраться подальше от планеты и от станции. А планета под нами — предавшая нас Земля, садиться на которую очень опасно, поэтому имеет смысл попытаться убраться куда-нибудь в сторону Юпитера. Вроде бы там остались автоматические станции-склады, так что выживем.

— В четвертый! — выкрикивает Дана. Тем временем до нас доносится топот бегущих людей, крики и отдаленные звуки выстрелов. Действительно восстание, так что надо убегать, это самое умное, что сделать можно.

Я падаю в кресло пилота, рядом опускается напарница, шипит, закрываясь, люк. Значит, не показалось и эвакуация в самом деле объявлена, иначе люк не закрылся бы. Переглянувшись с Даной, я нажимаю кнопку старта. Тугая пластина будто нехотя идет вниз, а затем ускорение вдавливает меня в кресло. Бот стартует как-то слишком резко, как будто станция уже разваливается, но долго раздумывать над этим сил нет. Мы идем со все возрастающим ускорением, от которого темнеет в глазах. Такого быть не должно, если только киан не решили убить всех еще и таким способом. Но тогда мы обречены...

— Тай... — хрипит напарница. — Маршевый! На полную!

— А он не на полной разве? — удивляюсь я из последних сил, но на всякий случай жму рычаг максимального ускорения.

Казалось бы, это лишь приблизит смерть, но в тот момент, когда тонкий свист основного двигателя заполняет помещение рубки, что-то происходит, заставив меня кратковременно потерять сознание. Ну мне кажется, что прошло всего мгновение, потому что внезапно ускорение исчезает вместе с тяжестью, и загорается красный транспарант неполной исправности маршевого двигателя. Я гашу его сразу же, затем потянувшись к Дане. Выглядит она плохо, отчего я пугаюсь.

В следующее мгновение, рефлекторно попытавшись наложить чары, не получаю никакого ответа, что пугает меня еще сильнее, и все перед глазами темнеет. Если напарница погибла — я в космос шагну, потому что жить без нее не согласен.

В СЕБЯ МЕНЯ ПРИВОДИТ УДАР ОТЧАЯННО ПЛАЧУЩЕЙ Даны, поэтому я и не реагирую агрессивно, а просто протягиваю руки, чтобы ее обнять. Напарница падает в мои объятия, расплакавшись в голос. Мы же на боте, куратора здесь нет, значит, можно немного поплакать. Она пытается рассказать мне сквозь слезы, как испугалась моей неподвижности, но я просто прижимаю ее к себе, совсем недавно пережив то же самое.

Мы уже не младшие, и кураторов здесь нет. Я сделаю все возможное и невозможное, чтобы их и не было никогда, а для этого надо понять, где мы оказались, да и убраться подальше. Поэтому я освобождаю одну руку, включив обзор, что выходит у меня только частично — большинство экранов не работает, связь демонстрирует красные огни, зато перед нами явно обитаемая планета и визуально не Земля. Она зеленее, да и светило другое, так что, можно сказать, убежали.

— Подожди немного, потом доплачем, — прошу я Дану. — Тут планета, судя по всему, кислородная.

— Предлагаешь сесть? — сквозь слезы отвечает успокаивающаяся напарница.

— Сесть, уйти в леса и спрятаться, — озвучиваю я нехитрый план, показывая на экране лесной массив. — Вот прямо туда и сесть, ты как?

— А давай! — хихикает она, пытаясь что-то разглядеть на боковом обзорнике, но там только серость неисправной камеры. — Показалось мне, что станцию увидела, — признается она.

Дана усаживается в свое кресло. Она вся дрожит, потому что за меня испугалась, я тоже подрагиваю, но нужно садиться. Учитывая, что бот у нас гибридный, сажать придется вручную, хоть я это, кажется, умею... ну теорию сдавал, а практики всего четыре часа пока было — наверное, справлюсь. Должен справиться, ибо выбора у нас нет, а сам бот потихоньку теряет атмосферу, о чем мигающий синий индикатор говорит.

Руки пробегаются по клавишам, вдавливая правильные; на мгновение даже становится страшно — кажется, что сзади куратор со стимулятором стоит, я даже оборачиваюсь, но в черноте неосвещенного помещения, разумеется, никого не вижу. Мы стремительно приближаемся к планете, не становясь на орбиту. Бот пострадал довольно сильно, права на ошибку нет, как и возможности второй попытки. То есть я или сяду, или вобью нас в поверхность неизвестной планеты.

Планета наплывает на экран, идущий полосами, звучит зуммер опасности, но мне терять уже нечего — в космосе нас достать намного проще, а на планете хоть в дупло какое забьемся. Постепенно нарастает тяжесть, бот начинает дрожать, сотрясаясь всеми своими сочленениями, и это говорит мне о том, что я и так знаю: дай Звезды сесть, потому как этот полет для маленького корабля последний. Выходят из пазов манипуляторы ручного управления, в которые мы с Даной вцепляемся совершенно синхронно. Теперь все зависит от того, выдержит ли корабль и все ли правильно я рассчитал. Напарница у меня традиционно для девочек боевой маг, а я универсал, хотя и с мертвой плотью работать умею, вот только не отвечает мне магия почему-то, просто совершенно, и это, конечно же, пугает.

— Потяни маневровыми, — просит меня Дана, на что я просто киваю. С интуицией у нее, как и у всех боевиков, получше.

Даю импульс маневровыми, отчего бот стабилизируется, позволяя выдвинуть гравитационные двигатели на длинных штангах. Происходит это одновременно с отказом основного двигателя, что позволяет нам снижаться медленно, а не ссыпаться кучей деталей на поверхность. Но несмотря даже на это, посадка выходит очень жесткой — нас швыряет, как кутят, пытаясь выдернуть из кресел, что-то шипит, скрипит, и в тот момент, когда я думаю, что уже все, финал, срабатывает отстрел. Нас обоих на гравитаторах кресел просто выкидывает из бота, позволяя выжить.

Как мы приземляемся, я не понимаю, потому что встречаю на своем пути местную флору, по которой я соскальзываю вниз. Растительность оказывается зеленой, яркой очень. Ко всему прочему, запасов никаких у нас нет, будто на выживание выкинули — только с лазерными винтовками. Некоторое время я сижу, пытаясь собраться с мыслями, а напарница медленно ползет ко мне. Сила тяжести здесь больше, чем на станции, вот и трудно ходить оказывается.

— Подожди, я сейчас, — прошу я Дану, пытаясь поднять ее чарами, только не выходит ничего.

Старательно давя панику, я прохожусь по всем возможным воздействиям — от точного времени до боевых, и — ничего, совсем ничего! Но так не может быть! Все, что я знаю о магии, этой информации противоречит! Может быть, это только со мной случилось? Вроде бы временная блокировка возможна...

— Дана, глянь время, — прошу я напарницу. Она останавливается, пожав плечами, творит жест рукой и замирает. — Тоже не работает?

— И у тебя? — тихо спрашивает меня она. — Но... как так?

— Давай уходить в лес, — предлагаю я ей. — Может, тут просто безмагическая зона какая-нибудь?

На это она соглашается. Взяв в руку свою винтовку и тяжело опершись на нее, напарница медленно поднимается на ноги. Я оцениваю ее стойку и, тяжело вздохнув, зеркально повторяю ее движения. Стоять, конечно, очень непросто, но нужно себя заставить. Я представляю, что за любым стволом флоры может прятаться куратор, и даже не успев сообразить, принимаю боевую позу.

— Представь, что в чаще спрятался куратор, — советую я Дане.

Миг — и два наших ствола уже ищут цель концевыми линзами. Опершись друг на друга, мы медленно движемся среди местной растительности, пока наконец перед нами не появляется нечто, очень похожее на примитивное строение. Ощущение, что представшее перед нами создано из местной флоры, просто сложено, и все. Я внимательно разглядываю незнакомую постройку, автоматически творя «сканирование» и «сигнальную сеть», при этом не получая никакого ответа. Давить панику все сложнее, при этом я не понимаю, как это возможно — нет магии.

— Деточки к нам в гости зашли... — произносит какой-то скрипучий голос справа.

Я резко разворачиваюсь, не в силах сдержать палец на курке, но винтовка никак на спуск не реагирует. Она словно бы совсем не заряжена, что я немедленно проверяю. Заряд на месте, он помаргивает зеленым огоньком, при этом выстрела не следует. Но как будто этого мало — справа обнаруживается местная фауна. Она выглядит так, как будто агра помяли, как лист бумаги — сморщенной какой-то.

— Что это? — вскрикивает Дана.

— Фауна местная, наверное, — не очень уверенно отвечаю я.

А вот происходящее затем мозг совершенно не фиксирует, потому что такого не может быть. Это, наверное, странная галлюцинация...

Путь взаимопонимания

Дана

Сразу после посадки… Учитывая, что бот нас обоих эвакуировал, это было скорее падение. Тем не менее мы живы, стоим на сплошном ковре местной растительности и смотрим на мир в прицел винтовки. Только прицел мертвый, несмотря на полный заряд. Не знаю, насколько это нормально, но в нем не светятся обычные параметры. Нас едва-едва перевели в старшую группу, еще даже без официального объявления и изменения статуса, так что знать нам это неоткуда.

Самодиагностика тоже не работает, как и любые магические преобразования, а это значит, что мы в дерьме. Просто в глубочайшем, потому что ни определить съедобность, ни защититься от зверей — ничего сделать нельзя. Странно, что магии нет, я и не слышала о том, что такое может быть. При этом бояться сил уже нет. Судя по всему, младших начали убивать, а нам вообще чудом только повезло.

Официальная история говорит о том, что вирус, пришедший на землю из глубин космоса, поубивал всех немутантов, затем пришли киан, принявшиеся «спасать оставшихся», — так себе сказочка, никто в нее особо не верит. А агры... дети, которые имеют ген агрессии... Родители от таких детей отказываются, и принимают нас школы войны, хотя живут в них в среднем лет пятнадцать, а потом сразу всё. Кто бы что ни говорил, но убивают нас старательно, да мы это и видели недавно.

Впрочем, убежать нам удалось, поэтому я из последних сил стараюсь не упасть, стоя рядом с Таем. У него сил-то побольше, а мне просто больно, и никуда эта боль не девается, кажется даже, что я просто умираю. Но умирать сейчас не время, потому как мы неизвестно где, вокруг неизвестно что и случиться может что угодно.

— Кто это у нас тут... — слышу я. В этот момент

хрустит спусковым крючком Тай, но ничего не происходит.

Совсем рядом обнаруживается местная фауна, почему-то говорящая на одном языке с нами. Существо выглядит сморщенным, высушенным, отчего видовую принадлежность его я определить затрудняюсь. Тай машет рукой, раз за разом нажимает активатор винтовки, но не происходит совершенно ничего. Я понимаю: мы во власти этой фауны и выхода нет. Но нападать она не спешит, а лишь показывает рукой в сторону какого-то мною ранее незамеченного строения.

— Пожалте в дом, гости дорогие, — сообщает она, но я не слышу в голосе ни угрозы, ни характерного для кураторов предвкушения. — Только вас и ждем!

— Как так? — Тай от неожиданности даже не пугается. — Вы знали, что мы здесь появимся?

— Здесь сказка, юный Тай, — произносит фауна. — А двери сказки открыты лишь хорошим людям.

Сказанное ею настолько невероятно, что я просто не могу понять, зачем ей нужно нас обманывать; при этом я не ощущаю того же, что обычно доносится от куратора. Притом неизвестной фауне нас совершенно точно незачем убивать. С другой стороны, любить нас ей тоже не с чего. Я решаю спросить, что именно она задумала, эта фауна.

— Вы нас... — закончить мне, впрочем, не дают — поверхность планеты поднимается, как-то очень быстро внося нас с Таем в строение.

Магии я не чувствую, но и другого варианта не знаю, поэтому, очутившись внутри строения, пытаюсь понять, как нас с Таем смогли передвинуть так, что мы не почувствовали воздействия. Нет магии, совсем, отчего мне страшно очень, и напарник мой еще очень бледный. Его, на самом деле, можно понять: мы еще не отошли от стимуляции, а уже и побегать пришлось, и испугаться хорошенько. Хорошо, что комбинезон изолирован, кровь, наверное, уже по ногам течет, в ботинки стекая. И ощущения очень похожи... Голова кружится, да и перед глазами черные мушки время от времени появляются.

— Кто вы? Что происходит? — сквозь силу спрашивает Тай.

— Я Баба Яга, — представляется, по-видимому, нефауна. — Вы в избе находитесь. Сейчас почаевничаете и почивать уляжетесь.

— Древние Века, что ли? — удивляется Тай, успокаивая меня своей догадкой.

— Все узнается в свой срок, — отвечает ему Баба Яга. — Пока берите-ка бублики.

Ее речь совершенно непонятна, к тому же у меня ощущение накатывающей слабости. Я едва могу поднять руку, чтобы прикоснуться к Таю, потому что от своего состояния мне все страшнее становится. Почему все же не работает магия? И винтовки тоже не стреляют? Хотя если здесь сказка из тех, что старшие рассказывали, успокаивая нас, когда мы младшими были, тогда все логично — другая здесь магия... Так себе объяснение, кажется.

— Тай... — из последних сил зову я напарника, он тянется ко мне, чтобы обнять, и в этот момент все гаснет.

Мне кажется, я умираю, просто теряясь в какой-то теплой воде, в которой нет и быть не может ни киан, ни кураторов, ни боли. Я все умираю, но никак не могу умереть, будто исчезая из мира. А неведомая река так и несет меня прочь, и жалко мне только того, что Тая рядом нет. Но если я умерла, пусть хоть он проживет еще немного, он-то точно жизнь заслужил.

Все меняется как-то мгновенно — исчезает

река, появляются звуки, и я осознаю себя лежащей на чем-то твердом, как койка на станции. Некоторое время пытаюсь понять, где я нахожусь, фиксируя, тем не менее, что боли нет. Медленно открываю глаза, обнаруживая, что лежу на возвышении каком-то, а рядом со мной Тай. В первое мгновение испугавшись, все-таки замечаю, что он дышит. Живой... Я перекатываюсь к нему, чтобы обнять.

— Что случилось, Дана? — слышу я хриплый голос напарника.

— Живой... Живой... Живой... — это единственное, что я сказать могу, обнимая его.

— Все живы, — раздается все тот же голос Бабы Яги. — Ну-кось, облачайтесь да завтракать идите, вчерась сомлели оба прямо за столом.

Что она говорит, мне совершенно непонятно, но при этом я вдруг понимаю: наши комбинезоны исчезли. Мы в своем натуральном виде лежим сейчас на этой поверхности. И надо бы испугаться, но тут что-то отвлекает мое внимание — на теле Тая следов нет, а ведь нас совсем недавно же настимулировали так, что следы точно быть должны. И где они?

— Тай... — я провожу пальцем по его спине, наблюдая за тем, как понимание проступает в его глазах. — Получается, действительно сказка?

— У тебя шрамы исчезли, — шепотом произносит он. — И след укуса тоже... И еще, смотри...

Я уже понимаю: какая-то сила полностью вылечила наши тела. По крайней мере, похоже именно на это — я не могу найти ни одной отметины. Тем не менее я магии по-прежнему не чувствую, но вижу своими глазами исцеленное тело Тая, и потому начинаю плакать.

Лада

Чего я не понимаю, так это мотива отправлять вылеченных детей обратно в избушку, но тетя Маша говорит, что так правильно, значит, так оно и есть. Чувствую я, что общий язык с ними придется все равно нам искать, потому что взрослым они могут не поверить. Учитывая, что старушку они вообще не распознали, могут быть разные сюрпризы, а сюрпризы нам не нужны.

А пока Тай и Дана долечиваются, тетя Маша разбирается с происходящим. И вот те друзья, которые творцов учат, они очень помочь хотят, поэтому будут разбираться, кому и зачем надо на нас взваливать, как она говорит, «полицейские функции». Что это такое, я понимаю не очень хорошо, поэтому просто жду, что будет. Очень комфортно мне с Васей, хотя почему мы друг на друга запечатлелись — непонятно. Но папа говорит, что задумываться не надо: как случилось, так и правильно, а он ошибаться не может.

— Лада, — зовет меня тетя Маша, — бери Ваську и топайте в зал совещаний, подумаем все вместе.

— Хорошо, — улыбаюсь я ее изображению, а потом поворачиваюсь к милому моему. — Ну что, пойдем?

Он меня в объятьях держит, по причине того, что моя грустяшка достигла пика. Кровь, конечно, унялась, да и все остальные сопутствующие элементы тоже, потому что моя репродуктивная система сейчас на паузе стоит. «Опыляться», как папа говорит, нам с Васей еще долго нельзя будет, а мучить его каждый месяц совсем неправильно. Но вот грустяшка так быстро не проходит, чем я беззастенчиво пользуюсь.

Это здоровское изобретение Человечества — возможность поставить репродуктивную систему на паузу до взрослости, причем плохо этот факт организму не делает. Ну, насколько я поняла мамины и папины объяснения. При этом взять с собой активатор я забыла, а вот мой Вася вспомнил, так что теперь уже мне ничто не угрожает. Только немного грусти осталось.

Милый, не отвечая на мой вопрос, поднимается, выпуская меня. Отсюда до рубки, на самом деле, совсем недалеко — два уровня «вверх», ну и коридор. А зал совещаний совсем недалеко от рубки находится. Мы с Васей внутренность корабля уже изучили, потому что, как мама говорит, случаи бывают разные. Вот Вася меня сейчас ведет, позволяя задуматься о том, зачем нас позвали. Хотя, учитывая то, что мы члены группы Контакта, мотив как раз понятен. Несмотря на возраст, нас приняли равными, что для Человечества норма, но мне иногда еще, конечно, странно. Ну мы же дети совсем, а нас берут в общий круг наравне со взрослыми, и никто не кривится, причем вовсе не потому, что Вася — сын начальницы, а я, строго говоря, сестра, хотя тетю Машу звать просто по имени не могу пока. Не выходит у меня, и она очень понимающе к этому относится — совсем не сердится.

Вот и подъемник, готовый унести нас в коридор управления, он так называется по традиции. Обычная цилиндрическая кабинка начинает движение, а до меня вдруг доходит, по какой причине нас могут всех собрать: Творцы. Тетя Маша подозревает, что Творцы хотят нас заставить взять на себя функции Щита, то есть за порядком в Галактике следить, а это неправильно. Во-первых, принуждать нельзя, а во-вторых, у каждого свой путь, и решать за других неправильно. Нам и в школе то же самое говорят, когда объясняют, как возникали те или иные инструкции. Так вот, именно на эту тему и возможно...

Подъемник останавливается, выпуская нас в самый обычный зеленый коридор, на стенах которого только символы командного состава, ибо далеко не всем тут надо быть. Те же инженеры в коридоре управления ничего не забыли, но, задумавшись, могут и перепутать, по крайней мере, мне так кажется. Вот я поворачиваю налево, то есть мы, конечно, поворачиваем, двигаясь в самый конец коридора, где и находится комната для совещаний группы Контакта.

Войдя, сразу вижу большой экран, на котором наши друзья светятся, — ну те, которые на осьминогов похожи. Еще соседние с ним экраны демонстрируют других наших друзей. В общем и целом это правильно — ведь если я права, то вопрос касается всех, ну а потом, наверное, и трансляция будет, потому что так положено. Вася объясняет, что Человечество все решения только совместно принимает, ну и родители тоже так говорят, но мне еще пока трудно представить.

— Ага, вот и молодежь, — улыбается тетя Таня. — Молодцы, быстро. Садитесь, только вас и ждем.

— О Творцах речь пойдет? — интересуюсь я.

— Нет, Лада, — качает головой тетя Маша. — Нам нужно понять, откуда взялись Тай и Дана. Как они очутились на Кедрозоре, да и как они связаны что с кошками, что с «приманкой»...

— А они связаны? — сильно удивляюсь я.

Я, конечно, знаю, что старшие — интуиты, но вот то, что все обнаруженное связано в одну цепь, никогда бы не догадалась. Вот тут становится уже очень интересно, потому что представить себе такую связь я не могу. Значит, буду сидеть и слушать, ибо сказать мне совсем нечего.

— Арх, ты хочешь что-то сказать? — тетя Маша фиксирует жест нашего друга, сразу же давая ему слово.

— Мария, ситуация несколько сложнее, чем нам всем представлялась изначально, — механический голос переводчика почти не имеет интонаций, но я чувствую себя не очень хорошо от этого всего.

Мне совсем не мешает механический голос автопереводчика, потому что рассказывает наш друг совершенно невозможные, по-моему, вещи. Причем такие, что, выходит, Творцы ни при чем. Арх говорит о том, что звездолет наш стал частью какого-то Испытания, оттого все и произошло. Какая-то сила, или что-то подобное — я эту фразу не очень хорошо понимаю — испытывает расы на разумность. И вот мы как-то задели поле этого самого Испытания, хотя нам уже и не нужны эти испытания разумности, отчего и произошло все то, чему мы стали свидетелями.

— Это значит, что все было не по правде? — негромко спрашиваю я, потому что котят жалко очень.

— Все случилось на самом деле, — отвечает мне Арх. — Просто оно не могло случиться именно так, во всем виновато Испытание. Во время него нечто пытается проверить разумность, но вы и так разумны, поэтому получился некоторый перебор возможностей.

— Тай и Дана тоже? — интересуюсь я, потому что не чувствую связи.

— Нет, — качает головой тетя Маша. — Они

появились, возможно, в результате Испытания, но не как часть его.

— Такие расы, как ваша, испытывать не принято, — продолжает наш друг свои объяснения. — Во-первых, это невозможно, а во-вторых, бессмысленно. Так что для вас не изменилось ничего, а вот двое, о которых вы сказали...

— Скажите, а Творцы — они вам кто? — кажется, Васин дар проснулся, потому что милый сам своему вопросу удивляется.

— Они наши ученики, дитя, — вздыхает Арх. — Решившие, что лучше знают, и наделавшие ошибок.

Пожалуй, эта информация нова и для старших моих сестер, потому что тетю Машу такой удивленной я еще не видела никогда. Я пытаюсь определить, как отнестись к сказанному, и не могу. Можно сказать — я шокирована.

Знакомство

Мария

Можно сказать, я шокирована. Подобного я совсем не ожидала, да никто, пожалуй, не ожидал. Что новый друг об Испытании говорил, я помню — просто часть пространства, где юные расы проверяют свою готовность, но вот факт того, что и мы попали в это самое... В общем, сложно выходит, да и все знания из области физики и мироустройства протестуют. Одно только радует: Творцы тут ни при чем, сюрпризы мы себе устроили сами, спасая котят, — то есть задели область Испытания, тем самым будучи в него затянутыми.

Помнится, когда изучали феномен временной

петли, сталкивались с подобными пертурбациями. Вопрос только в том, что из произошедшего было на самом деле, а что — эффектом Испытания? Вот это мне предстоит еще узнать. Котят я пока трогать не буду, а госпиталь корабля могу опросить прямо отсюда. Увидев ответ, киваю. Двое детей никуда не делись, потому надо запросить базу. Остановив одним жестом Арха, я даю запрос на базу флота, а пока жду, опрашиваю разум «Марса».

— «Марс», протокол движения за последние две недели, — приказываю я ему.

— Фиксируется недостоверный участок памяти, — предупреждает меня разум корабля. — Прошу внимание на экран.

Ой, что-то это мне напоминает. Особенно недостоверный участок памяти, если припомнить историю Нади. А ее историю я очень хорошо помню, да и протоколы «Витязя» рассматривала очень пристально, потому ощущение уже где-то виданного, конечно, захватывает, а тем временем «Марс» рисует произошедшее за последнее время с кораблем, учитывая тип запрошенных протоколов.

Девочки молчат, а юное поколение находится в состоянии удивления, как папа говорит, третьей степени. В смысле разговаривать уже не может, что, в целом, неплохо. Однако же то, что рисует «Марс», мне совсем не нравится. Вопрос только в том, вышли ли мы из зоны Испытания или же оно для нас длится еще. Если второе — просто остаемся на месте, а вот если первое...

— Маша! — обращается ко мне Варя. — Получается, не было погружения в альтернативный поток?

— Сейчас база ответит, — произношу я, пытаясь понять, как возможно нарисованное на экране нашим звездолетом. — Тогда точно скажу.

Пока что выходит, что ни в какую альтернативу мы не погружались, а то, что видели, было пространством Испытания. Только вот в чем закавыка... Тот факт, что чего-то не было, вовсе не значит, что этого не может быть. И тогда надо серьезно подумать, так ли нам необходима альтернативная реальность... При этом решать буду не я и не Витя. На этот вопрос ответит Человечество, потому что мне после всего случившегося несколько страшно погружаться. Вот никогда бы не подумала, что скажу такое, но страшно на самом деле...

— База дает негативный ответ, — сообщает

мне разум звездолета. — В госпиталь не были доставлены объекты по списку, указанному главой группы Контакта.

— Что это значит? — удивляется Лада.

— Не было альтернативной реальности, — вздыхаю я. — Ну, если мы покинули область Испытания.

— Мы покинули, — слышу я голос нашего нового друга.

Обернувшись, вижу его стоящим у двери. Альеор просто с ходу начинает рассказывать мне, что в момент, когда котята обрели маму, Испытание для нас закончилось, и несмотря на то, что его память хранит встречу со своим альтер эго, ее на самом деле не было. Таким образом...

— Альеор, но появление детей на катере Врага непонятно откуда этого не объясняет, — замечаю я, просто чувствуя, что эти двое как-то связаны с сутью Испытания.

— Я могу, конечно, ошибаться... — задумчиво произносит мой друг, но затем находит взглядом Арха, переключаясь на общение с ним.

И вот тут, несмотря на то, что переводчик справляется, я совершенно теряю нить разговора. Появляются какие-то схемы, непонятные мне формулы, сыплются термины. Меня радует только факт того, что «Марс» все пишет, поэтому ученые потом разберутся, конечно...

— Ну хорошо, — с жестом согласия Арх принимает какое-то решение. — Ты считаешь, что они из сопряженного пространства, но тогда должен быть след. Давай проверим...

Экран темнеет, затем на нем появляются звезды, какие-то толстые каналы, на шланги системы жизнеобеспечения похожие, собранные в пучки. Я совершенно ничего не понимаю, но тут включается голос Арха, объясняющий мне, что я вижу, даря мне понимание. Мы малые дети по сравнению с нашими друзьями, шагнувшими далеко вперед, — они оперируют целыми мирами, а мы лишь одним, но вот то, что я вижу, мне кажется не совсем правильным, хотя я молчу до поры, слушая наставника Творцов.

— Эти миры сотворенные, они для нас не существуют, лишь для создателей, — на экране подсвечиваются пучки «шлангов». — Поэтому мы их не рассматриваем, ибо из созданного мира к нам может пробиться только творец, как было уже...

— А текущая реальность? — интересуется Альеор, кивая словам Арха.

— А вот у нас реальные миры... — я слышу

неуверенность в голосе наставника Творцов. — Постой-ка...

В подсвеченном пучке яркий только один канал, а другие, коих множество — серые и разорванные. Альеор явственно удивляется, что хорошо заметно по его мимике. Он внимательно рассматривает то, что оказывается перед нами, попросив приблизить изображение. Я же вижу «основной» ярко-зеленый канал, висящий в гордом одиночестве, тогда как остальные выглядят оборванными на середине или же просто теряют видимость, но вот что это значит, мне непонятно.

— Нет никаких альтернативных реальностей, — объясняет мне мой остроухий друг, вздыхая. — Что-то перемешало линии реальностей, разорвав их. И, судя по всему, именно тогда это случилось, когда в пространстве оказались эти двое детей, поэтому узнать, что произошло, будет сложно.

— Значит, бывшей основной линии нет? — уточняю я, пытаясь осознать сказанное мне.

— Да, Мария, ее больше нет, — соглашается со мной Арх. — Возможно, в мире этих двоих детей произошло нечто, аннигилировавшее рядом лежащие ветви. Теоретически это возможно, но вот практически — мы с таким не сталкивались.

— Значит, погружаться некуда, — доходит до меня. — А...

— А это будем искать, — Арх уверен в своих словах, а вот я задумываюсь.

Выходит, не было никакого погружения, разумных гельминтов, захвативших тела разумных. Это, пожалуй, хорошая новость. Нет больше той линии реальности, где победили Отверженные... Не могу оценить новость, но вот тот факт, что ни котят, ни «найденышей» у нас не отнимают, меня радует. Теперь мне надо вдохнуть-выдохнуть и объяснить детям, что мы в результате имеем.

Василий

Мама объясняет нам суть происходящего, и доходит до меня с трудом. Погружение в альтернативный мир более невозможно. Было ли оно возможно ранее, сейчас никто не скажет, но вот временная линия одна осталась, и неким образом причина в наших двоих «найденышах». Что-то там у них такое случилось, отчего наша линия изолированной получается. Это мне понятно, а вот исчезнувшие ранее корабли — с ними что? Потом спрошу, конечно.

— Дана и Тай скоро проснутся, — вздыхает мама. — Надо будет их вернуть обратно, туда, где взяли, чтобы не испугались.

Теперь-то мне понятно, зачем обратно возвращать: раз у них произошло что-то совсем выбивающееся из картины мира, то сердце может не выдержать. Но о котятах я тем не менее спрашиваю. Если они, выходит, частью Испытания были, не означает ли это, что котята исчезнут?

— Нет, только память утратят, — качает головой мама. — Ведь они стали нашим испытанием, а для Человечества дети превыше всего.

— Не очень понятно, — признаюсь я, обнимая Ладу. — Но не пропадут, и хорошо. А разбираться с ними будут?

— Будут, — кивает она. — Они уже часть нашей цивилизации, потому надо понять, что это такое было, и по максимуму спасти тех, кого возможно.

— Здорово, — улыбается Ладушка. — А почему у нас с Васей так случилось?

Но на этот вопрос мама только улыбается, советуя поговорить с дедушкой. Интересно, конечно, потому что она обычно дает четкие ответы, и если в этот раз нет, значит, что-то произошло такое, странное... Ну или не странное, а необычное. Переглянувшись с милой, решаю, что вопрос вполне может потерпеть, нам «найденышей» надо отыскать.

— А что они говорили о магии? — интересуюсь я у мамы, потому что в протоколе лечения вообще ничего не понимаю.

— Детей убедили в обладании некими силами, — вздыхает она. — При этом в крови были и галлюциногены, и усиливающие боль вещества, так что мы думаем, опыты какие-то над ними ставили. А когда они вошли в наше пространство, исчезло некое побуждающее поле, вот и не вышло у них ничего.

— То есть был некий разум, поддерживавший эту «магию»? — удивляюсь я, но мама только молча кивает.

Тогда все понятно, даже корабль Врага тогда объясняется. Если их обманули именно так, то для обоих отсутствие «магии» — просто крушение всего мира. Ну а «сказочная изба» безопасная совсем. Только получается у меня, что нужно нам общаться... Если бы я один был, точно проблемы совсем не возникло бы, но Лада со мной неразделима, не опасно ли это для нее? С другой стороны, взрослого они могут испугаться, учитывая первичную реакцию на Ягу. И что делать?

— Правильно, — кивает мне, будто прочтя мысли, Ладушка моя. — Нам нужно на планету. Если нападут, Яга остановит, а если… То у нас госпиталь есть на орбите.

И действительно, по сути ничего грозить нам не может, потому что комплекс ревитализации справится с чем угодно. А вот на контрасте… На контрасте взаимоотношений, плюс учитывая особенности милой, вполне может получиться что-то хорошее. Нам же нужно доверие завоевать… Стоп, а кто будет мамой для «найденышей»? Им мама очень нужна, да и папа тоже…

— Мама, а в родители кого? — интересуюсь я, потому что не существует у людей сирот.

— Если я все правильно понимаю, — вздыхает она, — разве что Таня, Викина дочка, понять их сможет. Ведь она помнит… А тут, судя по обнаруженным повреждениям, их здорово мучили, так что…

Что-то знает мама такое, о чем я не в курсе. Под мнемограф «найденышей» не клали, потому что опасно это очень для них самих. Вот окрепнут, организм от последствий ядов в себя придет, тогда можно будет. Этот факт мне, кстати, понятен, ибо в протоколе лечения он очень хорошо прописан, а Вэйгу никогда не нанесет вред пациенту.

В этот самый момент звучит сигнал из госпиталя, что означает — Дану и Тая пора перевозить обратно на планету. Мама начинает командовать, ведь перенести их надо во сне, а одежда обоих пришла в негодность, да и не станет никто в такое детей одевать, поэтому у них сказка будет — одежда древняя, как и сама сказка, но материалы, разумеется, современные. Сдается мне, что с ними, как с кошками получится — большая часть памяти исчезнет.

— Смотри, Вася, — обращает мое внимание на экран Лада.

Там наших «найденышей» укладывают на лежанку печи, хотя зачем именно туда, непонятно, — есть же кровать нормальная? Квазиживые делают все быстро и мягко, отчего эти двое не просыпаются. Я знаю, что мне напоминает увиденное в протоколе лечения, ведь от нас никто ничего не скрывает... У тети Насти что-то похожее было, но они же в лагере оказались, неужели Тай и Дана тоже оттуда?

— Просыпаются, — комментирую я, при этом видя удивление девочки.

Быстро осмотревшая себя и Тая Дана очень сильно удивляется, при этом обнаженности она совсем не смущается, что, как папа утверждает, симптом. Это очень серьезный симптом, говорящий опять же за лагерь, потому что раз они привыкли быть без одежды, то... Интересно, чего они боятся? Мужчин? Женщин? Черного цвета? Надо будет осторожно выяснить, чтобы не испугались, потому что им, на самом деле, уже хватит.

— Нужно спускаться к ним, — вздыхает Ладушка моя. — Яга не сможет объяснить, а я... У меня получится.

— Хорошо, пошли к маме, — предлагаю я ей.

Милая моя права: детство у нее было сильно так себе, пока дед не появился, поэтому она сможет объяснить. А этих двоих явно били, да и по-другому мучили, потому что у них был поврежден мозг. Я даже поинтересовался у Вэйгу, что такое «гипоксическое поражение». Оказывается, душили их, ну и огнем жгли и еще совсем непонятно, что делали. Так что это все-таки на лагерь похоже... Ну, если верить протоколу лечения, а не верить ему смысла нет.

Взяв Ладу за руку, выхожу из зала совещаний. По идее, мама из рубки командует, так что где-то там она должна быть. Интересно, у нас доступ в рубку есть? Вроде он нам положен, ведь мы из группы Контакта, но, как на самом деле, я не знаю, поэтому легонько трогаю сенсор связи на коммуникаторе. Облегающий запястье браслет реагирует дрожанием, получая данные. Бросив взгляд на него, вижу разрешение на доступ в рубку. Вот теперь все в порядке.

Я доверяю Ладушке, как и она мне, поэтому если она говорит, что нужно лететь нам, значит, так оно и есть. Мы с ней единое целое, и дары наши после произошедшего просто сплетены. Этот эффект, кстати, не так давно обнаружили... Ну так вот, если Ладушка чувствует, что так надо, получается, рассуждать нечего, не доверять дару может только дурак.

Встреча

Тай

Понятие «сказка» в голове не укладывается, но против фактов не поспоришь — левитация имела место быть, да и следы все с тел исчезли. Я, по крайней мере, никакой боли не чувствую, только страшно немного оттого, что магии нет. Похоже, это не внешняя магия пропала, а наши с Даной способности. Но тогда мы больше не агры, потому что агры всегда маги. Если мы действительно не агры, то можно не бояться утилизации. Но... как бы узнать точно?

— А как... Как «облачаться»? — решаю я поинтересоваться у странной сморщенной особи.

При этом я укладываюсь на Дану, чтобы

стимуляция за незнание досталась лишь мне одному, но ее почему-то не следует. Вместо этого я слышу тяжелый вздох. Особь явно подходит ко мне поближе, затем я чувствую очень мягкое движение, от которого переворачиваюсь в исходное положение.

— Незнание не лечат болью, отрок, — произносит она. — Бабушка научит.

Она берет в руки нечто похожее на среднюю часть комбинезона, с которой срезали вообще все. Действуя очень мягко, особь натягивает на нас этот элемент одежды, от которого почему-то становится легче на душе. Мои эмоции очень странные и при этом какие-то беспокоящие, но вот в чем именно дело, я не понимаю.

— Это называется «белье», — сообщает мне сморщенная особь. — Оно защищает вас, и, пока оно на вас, сделать вам больно нельзя. Просто невозможно.

— Точно, сказка... — негромко замечает Дана, прикасаясь к этому «белью» руками. — Это магия?

— Это законы нашего мира! — торжественно произносит Баба Яга, чье имя я вспоминаю с трудом. — Белье оберегает вас от боли и от ударов, потому его принято носить всегда, кроме посещения туалета и мытья.

Законы мира? Совершенно непонятно, но поверить почему-то хочется. Очень уж уверенно она говорит, а учитывая, что, в отличие от нас, магия у особи есть — мы в ее власти, значит, врать ей незачем. Простая логика подсказывает, что утилизировать нас сонных проще всего, а раз не утилизировали, а вылечили, то, выходит, она, как наши старшие? Неужели мы попали в сказку агров?

Одежда Даны, на первый взгляд, выглядит небезопасной — с полностью открытым низом, но, если верить Бабе Яге, мы уже защищены, поэтому, я считаю, паниковать не стоит. Моя же выглядит как разрезанный пополам комбинезон — отдельно верхняя часть, называемая «рубашкой», отдельно нижняя — «штаны», при этом карман для слива отходов и стимуляции отсутствует. Это значит, отходы удаляются как-то иначе, надо будет выяснить как.

— Садитесь за стол, — приглашает нас Баба Яга.

Привычных стульев не вижу, взамен имеется длинное сидячее место, чем-то похожее на кушетку стимуляции, отчего Дана всхлипывает, а я обнимаю ее покрепче. Так как на этот объект надо садиться, а не ложиться, нам сейчас ничего не угрожает. Мне так кажется, во всяком случае. Страшно, конечно, но...

— Никто вам больно не сделает, — напоминает нам сморщенная особь. Интересно, это видовая принадлежность? — Ведь вы защищены.

И вроде бы простые слова, а как легко на душе от них становится! Перед нами в незнакомой посуде лежит местная еда. Выглядит она коричневой, при этом будто плавая в чем-то белом. Ложки тоже не самые обычные, но узнаваемые. Я, осторожно зачерпнув пищу, пробую ее, чуть не захлебнувшись затем от богатства вкуса. Это совершенно точно не синтезированная еда — у нее вкус есть!

— Попробуй, — предлагаю я Дане. — По-моему, она натуральная.

— Не может быть! — шепчет напарница, сделав очень большие глаза, а затем пробует в свою очередь. Глаза ее становятся еще больше, потому что вкус, совсем непохожий на жженный пластик, заставляет просто наслаждаться тем, что мы едим.

— Чем же кормили вас, деточки, что гречка-то в новинку... — вздыхает Баба Яга.

— Синтезированной пищей, — отвечаю я ей. — По замкнутому циклу.

— Это из дерьма, что ли? — удивляется особь, а я немного настораживаюсь, тем не менее кивнув.

Неужели в древности уже знали замкнутый цикл? Но зачем он мог бы понадобиться живущим на планете среди натуральной растительности? Это мне неясно, а вот сморщенная особь неожиданно тянется за... кажется, это называлось «блюдо». А затем я замираю — по ободу посуды начинает катиться местный плод неизвестного растения, причем точно по ободу, не сваливаясь и, кажется, с постоянной скоростью. Значит, магия здесь все-таки есть, только не у нас. Что это может значить?

— Скажите, а вы своей магией можете индекс агрессивности измерить? — тихо интересуется Дана, давая мне понять, что думает о том же.

— Индекс агрессивности? — удивляется Баба Яга. — Не ведаю, что это... Но вот гости к нам собрались, их и спросите.

Гости? В принципе, логично — вряд ли эта особь здесь в одиночестве, значит, кто-то должен был нами заинтересоваться. И теперь этот заинтересовавшийся прибудет сюда, чтобы озвучить нам ближайшее будущее, потому что сбежать мы не можем — просто некуда, магии нет, оружие не работает, так что... остается только покориться своей судьбе, хотя за Дану я буду драться до последней капли крови.

Исчезают опустевшие миски, на столе появляется странное устройство, исходящее паром, необычные чашки и никогда не виданные нами объекты на тарелках. Баба Яга начинает называть каждый из них, рассказывая о том, что это «сладкое». То есть что-то из области сказок — впрочем, мы сейчас как раз в сказке, так что вполне возможно, что она нас не хочет обмануть.

Кто знает, какими будут эти «гости», поэтому я решаю поесть впрок. Кивнув напарнице, пробую все подряд, не интересуясь вопросами совместимости. «Варенье» оказывается действительно сладким, а от вкуса пряника я просто замираю. Дана, не выдержав, тихо плачет. Пугается, конечно, сразу, но тут же вспоминает, что у нас защита есть, и просто плачет. Я бы, на самом деле, тоже поплакал, но нельзя, рано еще расслабляться... Да и страшно так, что слов никаких нет.

Я давлю в себе этот страх, пытаясь убедить себя, что все закончилось, но от неизвестности будто затопляет ужасом. Кажется, сейчас распахнется дверь и в эту необычную каюту шагнет злобно усмехающийся куратор. Я почти вижу его, начиная просто дрожать, что замечает напарница, сразу же бросившаяся меня обнимать. И от ее рук становится как-то полегче, отступает испуг, как будто тепло, что она дарит мне, освобождает от черной тучи страха.

— Здравствуй, Баба Яга! — доносится от двери, но вот голос совсем не взрослый.

Я поднимаю голову, чтобы увидеть добрую улыбку такого же, как и я, курсанта. Мне кажется, он и старше, и нет, потому что в глазах его то же выражение, что было у наших старших, когда они успокаивали нас после стимуляции. Кто же он? Кто?

Василий

Представшее моему взгляду сразу же что-то напоминает, а Ладушка моя просто кивает. Значит, подтверждает увиденное ее мысли. Мальчишка моего возраста к чему-то готов, но при этом выглядит таким потерянным, что мне сразу понятно: им мама нужна. Очень нужна мама, причем поймет их не всякий, да и не каждого они понять смогут. Но пока попробуем подружиться, вдруг получится?

Основная эмоция у Даны и Тая — страх. Не знаю, о каком индексе агрессивности он говорил квазиживой, но сейчас перед нами потерянные дети, выглядящие поэтому младше своих лет, хотя сердце им уже тоже починили. Тут, я думаю, центральная роль будет у Лады, с которой я сразу переглядываюсь, поймав ее кивок, — она лучше знает, как обходиться с такими детьми, потому что хоть что-то, но помнит.

— Здравствуйте, Тай и Дана, — милая моя сразу же выдает свое знание их имен. Я это никак не комментирую, ей действительно виднее. — Очень хорошо, что вы до нас наконец добрались!

— Вы нас ждали? — очень удивляется мальчик. Он испуган, да, но при этом безотчетно прикрывает свою девочку.

— Ну конечно же! — всплескивает руками Лада, которую эти двое не пугаются, а вот на меня смотрят со странным, мне непонятным выражением лица. — И мама ваша уже заждалась!

— Мама? — Дана будто не верит в то, что слышит. — Но она же... Она... Отказалась... Агры...

— она плачет так горько, что мы оба не выдерживаем, кинувшись обнимать девочку.

— Все плохое закончилось, а мама никогда не откажется от своих детей, — твердо произносит Ладушка моя, и в этот момент плачет уже и Тай.

Вот это, пожалуй, сигнал тревоги. Милая моя что-то разобрала в том, что произнесла сквозь слезы Дана, потому и сформулировала фразу именно так, но именно сказанное ею стало будто откровением для обоих детей. И кажется мне сейчас, будто они не из простого лагеря, потому что история их, судя по этой фразе и реакции на нее, намного страшнее. На мгновение я даже чувствую неуверенность — справимся ли мы с Ладой, но сразу же понимаю: нет другого выхода. Если их предали родные, то мучили взрослые, и никому они, на самом деле, не поверят. Разве что нам.

— Вы теперь в сказке, — спокойно объясняю я успокаивающемуся в моих руках Таю. — В этой сказке нет «агров», — интересно, что это такое? Но этот вопрос задавать нельзя, раз термин сам собой разумеется, — мама и папа ни за что не откажутся от своих детей, да и больно вам делать уже нельзя.

— В сказке... — шепчет он, заглядывая в мои глаза. — Дана, помнишь, Марья рассказывала?

— Прямо в такой сказке? — удивляется Дана, с неверием глядя на своего близкого.

Они, конечно, неродные по крови, но отношения у них ближе даже, чем у брата с сестрой, и что-то это значит. Ладушка моя явно понимает больше меня, начав рассказывать о том, что в этой сказке дети превыше всего. Вне зависимости от того, людские это дети или какие другие, и двое потерянных детей, я отмечаю — начинают нам доверять. Это очень необычно, на самом деле, но я вижу доверие, поэтому немного расслабляюсь.

— Скажи, а магия не работает, потому что сказка? — интересуется у меня Тай. — И оружие тоже...

— Понимаешь... — я ищу слова, чтобы рассказать ему то, что понятно нашим взрослым.

Я не знаю, как правильно объяснить ему, что их «оружие» не могло работать даже теоретически, а в отношении «магии» — это в большей степени была галлюцинация и внешний контроль какого-то квазиживого. То есть они, по сути, находились в симуляции, о чем и состояние тел говорит. Тетя Таня в таких вещах не ошибается, так что так оно и есть. Но вот как рассказать-то об этом?

— Я не знаю, будет ли правильным тебе это рассказать, — честно говорю Таю. — Или лучше подождать, пока твоя мама расскажет.

— Лучше сейчас, — просит он меня. — Как бы тяжело ни было, мы переживем. И...

Тут варианта всего два — или они перестанут нам доверять, отрицая информацию, или поверят, но тогда это может стать катастрофой для обоих. Но и врать я не считаю правильным. Одно дело назвать сказкой вполне обычную для нас для всех обстановку, и совсем другое — несколькими словами разрушить весь мир двоих детей. Так и хочется спросить совета, но просто нельзя, вот чувствую я, что нельзя, и все.

— Вам сказали, что от вас отказались родители, так? — интересуется Ладушка. — А вы агры и недостойны жить среди людей. Правильно?

Моя милая рассказы в семье очень хорошо слушала, да и свой опыт у нее имеется, так что выводы из услышанного ею, по-моему, вполне логичны. Да и разница небольшая: убить родителей на глазах детей или «отказались» — просто одно и то же иначе называется. Мне это очень даже понятно, потому что в двенадцать лет «закрытых тем» быть не может, нас так воспитывают.

— Да... — завороженно шепчет Дана, а потом вскидывается: — Тай! Тай! Нам же действительно это сказали! Родители же не... Я не помню, чтобы они...

— А ты их вообще помнишь? — интересуется Тай, на что его девочка просто замирает на месте.

Я вижу, что она старается что-то найти в своей памяти, при этом глаза ее становятся очень большими. Я, впрочем, уже понимаю, что ничего она не найдет. У Ша-а, мама сказала, память тоже на химию завязана была, значит, здесь ровно такой же случай. Интересно, Тай и Дана как-то связаны с кошками?

— Не помню... — тихо произносит девочка, готовясь опять заплакать. — Но ведь было же... или нет?

— Я тоже не помню, — вздыхает тот, кого она «напарником» зовет. — Только серые стены инкубатора.

— Но тогда... — Дана пытается что-то сформулировать, а потом буквально вонзает свой взгляд в меня. — Говори все!

И я понимаю: так действительно правильно. Я

тяжело вздыхаю, начиная с совсем другого — о состоянии их тел, всякой химии, в них обнаруженной, и что каждое вещество делает. Я говорю и вижу в глазах Даны зарождающееся понимание. Поглядываю на браслет, потому что все наизусть не помню, а затем беру в руки их «оружие». Сам бы я ни за что не понял, как и что в нем устроено, но разум «Марса» мне подсказывает прямо на браслет, указывая последовательность движений, поэтому работаю я вполне уверенно.

Два щелчка, поворот рукояти под ошарашенным взглядом Тая, видимо, и не представлявшего, что ложе совсем не монолит. Поэтому спустя минут десять «оружие» разламывается на две половины, демонстрируя то, что я уже знаю и так. Игрушка это по функциональности, просто игрушка, совсем неспособная работать. И вот в этот самый момент, понимая, что я хочу показать, наши гости теряют сознание.

Осознание

Дана

В себя нас приводят очень быстро, и, осознав себя лежащей, я в первый момент пугаюсь, но затем вижу наших старших и успокаиваюсь. Они действительно Старшие, хоть и выглядят такими же, как и мы. Потому что только Старшие могут сказать правду, какой бы страшной она ни была, и при этом относиться с лаской и теплом. А правда выходит совсем жуткой, потому что наши винтовки и не могли стрелять — нечему там стрелять было. Значит, случись что, мы были бы обречены. Наверное, с магией история похожая, хотя я не представляю себе, как это возможно.

— А с магией как? — спрашиваю я Старшую,

гладящую меня по голове так же, как они всегда делали, успокаивая нас после стимуляций. — Ведь она... Ее не было?

— Ее не было, — кивает мне она. — У вас в крови была химия, а сами вы находились в чем-то, напоминающем симуляцию. Ты что-то помнишь?

Наверное, она меня проверяет, ну что я помню из школы. Тут я сосредотачиваюсь, припоминая наш обычный день. Вот подъем, все бегут на зарядку, а затем занятия, ну и обычное — о том, что мы отбросы, из жалости оставленные в живых, и за это должны защищать человечество. И тут я понимаю: с этой «лекции» начинался каждый день, все семь лет начальной школы Войны. Каждый день, и, кажется, ни на йоту не отличалась одна лекция от другой, как в записи. Я вздыхаю и начинаю рассказывать всем известные вещи.

— Мы агры, это значит, что у нас есть ген агрессивности и нас нужно изолировать от людей, — повторяю я то, что в нас вдалбливали столько лет. — Так говорят киан, спасшие человечество. Как и всякие агрессивные особи, агры довольно тупы, поэтому при обучении принято применять стимуляцию для лучшей обуча... — не сдержавшись, я снова плачу, потому что тут почему-то можно.

Нас не начинают стимулировать за слезы, чем я и пользуюсь. Встающие перед глазами сцены стимуляций, злобно ухмыляющийся куратор и свист, от которого ужасом затапливает мое сознание. Я дрожу уже, хоть и в объятиях ничего не понимающего Тая, но просто не могу успокоиться. И тут вдруг как будто теплой подушкой накрывает меня, гася воспоминания — Старшая обнимает нас. От этих объятий меркнет в памяти прошлое, меркнет, становясь небывальщиной...

— Забили их, Вася, — грустно говорит Старшая. — Просто забили, как...

— Я понял, — кивает ей в ответ Старший, названный Васей. — Но все уже позади?

— Память-то жива... — вздыхает она. — Маму их звать надо, не то...

— Ты права, Ладушка, — очень ласково соглашается он с ней.

А я просто захлебываюсь этим теплом. Я такого никогда не видела, да и не чувствовала, и если до сих пор могла подозревать, что нас обмануть хотят, то сейчас, ощущая эти чувства, понимаю: все по правде, мы действительно в безопасности. Вася начинает что-то делать со своим запястьем, лишь приглядевшись, я вижу браслет. Наверное, это средство связи какое-то, нам неизвестное.

— Ваша магия была иллюзией, — объясняет мне Старшая с очень ласковым именем. — Не было никакой магии, а делали это для того, чтобы обмануть вас, ну и занять...

— Солдат скучать не должен, — как-то очень грустно произносит Старший. А потом, не отрываясь от браслета, просит меня: — Опиши этих самых киан, пожалуйста.

Ну мне несложно, ведь все знают, как выглядят «Спасители». И я послушно начинаю рассказывать об их черном корабле, высоких существах с фасеточными глазами и двумя парами радужно переливающихся надкрыльев, чей образ воспет во многих картинах и памятниках. Я хорошо их знаю, ведь появление киан часто означает боль, а иногда и смерть... И вот я описываю все, что знаю и что помню, а Вася, слушая меня, отвлекается от браслета, глядя на меня с удивлением.

— Вася, запись! — командует Старшая.

— Уже, — коротко отвечает он, а затем начинает расспрашивать меня об устройстве школы.

— Школа расположена на станции, —

продолжаю я свой рассказ. — Управляется она кур... кур... кур... — меня снова накрывает страхом.

— Стоп! — резко произносит Вася, останавливая меня, а вокруг уже смыкаются руки названной Ладушкой Старшей, будто отсекая от меня реальность. — Выходит, Враг? — ошарашенно спрашивает он кого-то.

Я не понимаю, о чем он говорит, но, наверное, мне и не надо. А вот Старшая мне рассказывает, что все уже закончилось, поэтому о плохом думать не надо, а надо просто успокоиться, потому что скоро прибудет мама и тогда все будет хорошо. Все обязательно хорошо будет, ведь иначе не может быть. И такая уверенность в ее голосе, что я верю, и Тай мой тоже верит, ведь я же вижу.

Очень сильно мешает, буквально выбивая планету из-под ног, тот факт, что мысли прочесть нельзя и даже поверхностные образы нам недоступны. Это заставляет чувствовать себя неуверенно, но с нами Старшие, которые ни за что и никогда не сделают нам плохо, я это совершенно точно знаю. А еще волной накатывает усталость, как после тренировки на выживание, отчего хочется просто закрыть глаза, но я еще держусь, только краешком уха слыша, о чем говорят Старшие промеж собой.

Верю ли я в... маму? Верю ли я в мечту? Это несбыточная мечта всех младших — придет мама и заберет из школы, потому что несмотря даже на то, что нас предали, мы все почему-то еще верим. Мы с Таем попали в сказку, где нет киан и кураторов, почему бы тогда не появиться и... маме? Я даже зажмуриваюсь от этой мысли, едва не провалившись в дрему. Молчаливый сегодня Тай обнимает меня, отчего я ощущаю себя очень спокойной.

Наверное, мы просто привыкли к тому, что Старшие могут защитить даже от куратора. Подставляясь под стимуляцию, они не раз защищали нас, поэтому, наверное, я и доверяю Ладе. Я точно знаю: пока они рядом, нам почти ничего не угрожает, ну, пока они рядом. Постоянно быть с нами им не позволят, наверное, но я верю — Старшие придумают, как сделать так, чтобы не было страшно.

— Отдыхайте, — с очень знакомыми интонациями говорит Старшая. — Закрывайте глазки и ни о чем не думайте. Вот поспите, а как проснетесь — сразу будет мама.

И от этого обещания мне хочется улыбаться и

плакать. Старшие нас никогда не обманывали. Просто никогда-никогда — значит, правда? Мы сейчас уснем, а затем откроем глаза и появится самое волшебное существо на свете? Поверить очень сложно, но я верю изо всех сил, поэтому послушно закрываю глаза, пытаясь представить, какой она будет. Она, конечно же, будет нас любить, ведь это мама. И в этих размышлениях ко мне приходит сон. И, хотя мне ничего не снится, я чувствую — она идет к нам с Таем.

Мама... Мамочка...

Мария

Трансляция от Васи заставляет замереть всех на «Марсе». Сынок передает рассказ девочки Даны, жуткий, на самом деле, рассказ, но вот именно он мне что-то напоминает. И описание расы киан, и порядки в этой их «школе», и протокол лечения детей — все это в сумме не сходится. Мне трудно сформулировать с ходу, но я чувствую: что-то здесь не так.

— «Марс», — командую я, — анализ рассказа девочки. Первая группа — описание киан, вторая — описание их кораблей, все остальное пока не рассматривается. Задача — достоверность.

— Существа такого вида известны, — сразу же отвечает мне разум корабля. — Так выглядят рабочие особи Врага. Описанный корабль является уменьшенной в описании копией улья Врага.

— Та-а-ак, — заключаю я, задумавшись. — Получается, рабочая безмозглая особь рассекает на улье, пусть и уменьшенном, для того, чтобы мучить и убивать человеческих детей?

— Достоверность три, — реагирует квазиживой разум звездолета. Я напоминаю себе, что шкала у него десятибалльная, так что ответ я уже получила.

— А по устройству школы? — интересуюсь я. — Варианты — убежище, школа, лагерь, — я точно знаю: «Марс» поймет, какой именно лагерь я имею в виду.

— Убежище — достоверность ноль, — послушно отвечает мне «Марс». — Школа — достоверность три, лагерь — достоверность девять.

— Так я и думала, — киваю я ему, задумываясь еще сильнее.

Даже если принять, что у детей был лагерь, каким-то странным он представляется. Все эти спасители человечества, подчеркнутая жестокость и унижение детей — что-то в этом не так.

Значит, нужен мнемограф. В этот самый момент удивившийся новостям Вася, по-видимому, приходит к тем же выводам, потому что просит «найденышей» усыпить. Это правильная мысль, потому как мнемограф уже пищит.

Нужно опять поднимать детей на корабль, снимать мнемограмму, потому как история их выглядит совсем нехорошо. Правда, если они именно из альтернативной, уже несуществующей ветви, тогда это знание мало что изменит, но мы хотя бы знать будем, чего они боятся и чего ожидают. Это уже немало, так как исключит опасность непредумышленного нанесения вреда.

— «Марс», подготовиться к эвакуации детей из заповедника, — вздыхаю я, подумав о том, что легче было бы проекцию в рекреационном зале устроить, а не гонять боты туда-сюда. Пожалуй, так и сделаем, как проснутся.

— Квазиживым эвакуировать детей, — звучит команда. Начинается работа, при этом никто не возмущен тем, что мотается между планетой и звездолетом.

— Вэйгу, — продолжаю я командовать, — приготовить мнемограф под запись.

— Мнемограф готов, — слышу я в ответ спокойный голос разума медицинского отсека.

Ну вот, теперь всех четверых поднимут на звездолет, Вася и Лада отдохнут, да и помогут с организацией рекреационной комнаты, все какое-то занятие. Все-таки кажется мне, что симуляция какая-то топорная у детей была, будто по сказке страшной. Может ли такое быть? Вообще существовали сказки на эту тему в древности? Тут явно оживает мой дар интуита, полученный вдобавок к телепатическому, поэтому я, почти не отдавая себе отчета в своих действиях, снова обращаюсь к разуму звездолета.

— «Марс»! — негромко произношу я, находясь все еще в задумчивости. — Поиск по библиотеке, период — Древность, ключевые слова: «магия», «киан» и «агры».

— Запрошен центральный архив, — сообщает мне «Марс».

Вот теперь немного подождем и узнаем, правильно ли я интерпретировала сигнал своего дара. Если вдруг ничего не найдется, то буду дергать сестер, вместе что-нибудь да поймем. Странно это, дар обычно не ошибается, но правильно его интерпретировать тоже уметь надо. Так что теоретически ошибиться могу, а вот практически... Сейчас узнаем.

— Обнаружена запись, — сообщает мне разум

нашего звездолета. — Художественное произведение, имя автора не сохранено, текст большей частью доступен.

— На экран, — коротко реагирую я, предчувствуя погружение в древнюю словесность. Интересно еще и то, что имя автора не сохранилось, обычно авторы древности старались себя всюду продемонстрировать. Забавно, да...

На экране появляется текст, который мне, слава Звездам, оценивать не надо, мне нужно внимательно его прочитать, чтобы понять, что из него мог использовать Враг и как именно. Можно было бы попросить у «Марса» выжимку, но этот путь неправильный, я чувствую, поэтому будем сейчас читать, благо время есть — пока поднимают детей, пока работает мнемограф, это ведь тоже время занимает.

Читаю я и вижу — очень мне это все лагерь напоминает. Тот самый, который так любят устраивать Отверженные с Врагом на пару. А то, как описывается, что именно было сделано, наводит на нехорошие мысли, да и химия не раз указывается. То есть либо мы имеем пророка древности, что ни разу не сюрприз, либо... Либо кое-кто скопировал эту структуру. Но зачем? Я читаю дальше и вдруг...

«И вот люди получили свою сказку — о гене агрессии, опасности агров... Поначалу они, конечно, не поверили. Но киан умели ждать и отлично владели химией. И вот когда первый агр принялся убивать, его, конечно, уничтожили. За первым последовал второй, а за ним и третий. Умело манипулируя, киан создали образ агра как злобного страшного существа, не имеющего права на жизнь. Правда, при этом оказалось, что, если агров уничтожать в детском возрасте, их рождается все больше и больше. И вот тогда была придумана сказка о школах специалистов Войны, предназначенных для защиты Человечества от внешних угроз. Это было бы очень смешно, учитывая, кто ее создал, но у киан не было чувства юмора. Создав эту „школу", они добивались вывода агров за пределы эгрегора планеты, что не вызывало массовый всплеск рождаемости».

Массовый всплеск рождаемости может вызвать только подобное уничтожение одаренных — это мы уже знаем. Поэтому на вопрос «зачем?» ответ мы уже знаем, если «найденыши» одаренные. И вот эта информация, почерпнутая из литературного, то есть выдуманного произведения, заставляет меня сильно насторожиться, потому что теперь я уже понимаю, что именно надо искать.

— Вэйгу! Найденышей проверить на дары! — выкрикиваю я, в надежде на то, что все же ошибаюсь.

— Творцы, оба, — звучит в ответ.

Именно этот факт, учитывая, кого Враг уничтожал любой ценой, и дает ответы на все вопросы — и «зачем», и «почему». Просто в мире «найденышей» Враг сумел победить, но не сумел уничтожить творцов полностью, пойдя поэтому длинным путем. Так себе новости, но теперь хотя бы ясно, о чем говорить с Человечеством.

Думы

Татьяна

Тетя Маша связывается со мной под вечер уже. Прошли те времена, когда я была «оцифрованной», да и маленькой, поначалу пугавшейся всего, девочкой. Мама показала мне всю нужность и меня, и братьев с сестрами. Да, нас много у нее — бывших «оцифрованных», но никто и никогда не унижал ни нашу маму, ни папу, несмотря на то что они квазиживые. И вот теперь тетя Маша, та самая, что когда-то обратилась к Человечеству, чтобы спасти меня, связывается со мной. Она для меня икона, на самом деле, потому что первой показала всем нам, насколько важны дети Человеществу и что нет разницы, живые они или квазиживые. Это было чудом для нас тогда.

— Здравствуй, Таня, — улыбается мне тетя Маша. — Ты можешь прилететь? Мы в системе Кедрозора.

— Часа через два буду, — переглянувшись с мужем, сообщаю я.

На самом деле за полчаса будем, мы совсем рядом, но нужно Машу из школы забрать, потому как дар говорит, что это будет правильным. Муж у меня сегодня выходной — как знал; он у меня во Флоте служит, так что двигаться будем на его курьере. Скоростной у него звездолет, ему по работе бывает надо, а я в интуит-группе, она как раз тете Маше подчинена. Звать меня она просто так точно не будет, а раз нужна именно я, то варианты могут быть всякие.

— Миша, нас тетя Маша зовет, — извещаю я сразу же кивнувшего мужа. — И доченька нужна, я чувствую.

— Я Машу из школы заберу, — информирует он меня, при этом вид у него такой, как будто знает он чего-то. Потом к стене прижму да допрошу, а пока не ко времени. — Ты пока борт готовь.

Это он шутит, потому что курьер всегда готов,

ну а сам к лифту топает — Машку с планеты забрать, экскурсия у нее сегодня. Сейчас, правда, у многих экскурсии, орбитал-то на дворе, традиция в школах такая, значит. Ну вот проводили мы дочку утром, и сказал мне мой дар, что нужно мне поблизости быть. Я-то поначалу думала — опасность какая, а оказалось, вызов тети Маши предвидела. Ну и хорошо, что не беда, потому и на душе даже в разы спокойнее становится.

Я двигаюсь, тем не менее, на курьер, тут только сообразив, почему муж мне такое сказал. Звездолет у него ко всем новостям доступ имеет, потому что «Щит» есть «Щит». И вот теперь у меня есть возможность узнать, что случилось, если тетя Маша, конечно, не просто так позвала, но по внутреннему ощущению — сильно вряд ли. Я подхожу к терминалу нашего «Светлячка», так его дочка назвала, когда совсем маленькой была, запрашивая последние известия по линии «Щита», покой Человечества блюдущего.

— Так, котята... Испытание какое-то... — это нас точно не касается. А вот и возможная причина вызова проскакивает.

Двое детей в обход навигации на катере незнакомой конструкции на Кедрозор ссыпались.

«Жесткая посадка» — это именно ссыпались, чудом выжив. Так, диспетчера с работы сняли и щитоносцам передали, а почему? А, он все возможные инструкции нарушил! Тогда да, тогда правильно... Видимо, дело в детях. Сажусь поудобнее, погружаясь в информацию, но вот кажется она мне странной — переданный в «Щит» рассказ девочки правдой быть не может. Тут даже дара не нужно — простой логики хватает. Значит, не все так просто. А если не все так просто, то возможны у нас задачи интересные, или же... Может ли тетя Маша посчитать, что только я этих маугли пойму?

В задумчивости не замечаю, как проходит время, и вот уже Миша с Машкой в рубку скачут. Поди пойми, кому из них тринадцать еще. Я ласково смотрю на враз задумавшуюся дочку. Дар у нее сильный, причем сильнее моего и универсальный, что часто дает интересные «плюшки», как мама говорит. Она многими знаниями обладает, которые временами и использует.

— Нас станет больше, — выдает мне Машка. — Прямо скоро!

— Интересное кино, — реагирует на это муж. — Ну, полетели.

Он командует старт, хоть и лететь тут два плевка, а я рассказываю мужу и доченьке о том, что мне известно стало посредством пользования терминалом, ну и о чем я думаю, тоже — потому что разве может быть по-другому? Мишка улыбается, все отлично понимая, ну и до меня медленно доходит, как же иначе-то. И хотя я, строго говоря, не Винокурова, но тем не менее, мы все часть одной большой семьи, а какая там кровь — есть ли разница?

— Винокуровы особенные, — подтверждает Мишка. — Стыкуемся, кстати.

Моментально мы как-то долетели, ну и «Марс» нас принимает без слов — мы же «Щит». Во мне же зреет предвкушение чего-то совсем необычного, хотя логика протестует, потому что именно необычное у нас крайне редко случается. В этот самый момент ко мне на коммуникатор падает просьба проследовать в госпиталь звездолета, поэтому я резко поворачиваю направо, едва только успевая пройти по соединившей корабли короткой галерее. Семья шагает за мной, причем молча, ничего не комментируя, что тоже необычно, потому что Маша бы...

— Ага, вот и вы! — радостно встречает нас

тетя Маша, заставляя удивиться еще сильнее. — Идите запись смотреть.

Сначала я не понимаю, о чем она говорит, но затем до меня доходит: это запись мнемографирования, а поскольку тетя Маша ничего так просто не говорит, то запись точно важная. Включается экран на стене — видимо, она хочет, чтобы мы смотрели все. Значит, так правильно. Кстати, тут же обнаруживаются и Вася с Ладой, и, лишь бросив взгляд на них двоих, я сразу все понимаю: притянулись. Хорошо это, даже очень. Но долго размышлять мне не позволяют — идет воспроизведение.

Жизнь у маугли очень страшная была, отчего Машка у меня в объятиях плачет уже, но я вглядываюсь в запись, не понимая в первый момент, что меня беспокоит. Что-то очень знакомое мне видится в картинах на экране, причем из прошлой жизни, которую я почти уже и не помню, знакомое. Тетя Маша посматривает на меня с интересом, я вижу это, а сама чему-то улыбается едва заметно.

— Утрированно как-то, — замечает мой Миша. — В жизни бы или уже погибли, или бунтовали постоянно, а они запуганы — так не бывает.

— Точно! — вот тут до меня доходит, что

именно мне изображенное на экране напоминает.

— Это симуляция! Виртуал, как на экзаменах! Но... зачем?

— Это совсем другой вопрос, — вздыхает тетя Маша. — Учитывая, что они творцы...

— Подавление дара... — понимаю я. — Тетя Маша, можно я...

Я уже хочу начать убеждать ее в том, что вряд ли маугли наших кто другой понять может, ищу аргументы, чтобы попросить ее позволить мне взять этих двоих, но вдруг останавливаюсь, потому что смотрит она на меня с таким пониманием... И тут до меня доходит: тетя Маша знала, что так будет. Ну, конечно, она знала! Ведь она не может ошибаться!

Мария

Все у меня отлично Танечка поняла, поэтому желание ее проще простого угадать получается. Вот только вопрос у нас теперь серьезный — как детей с реальностью подружить, чтобы не сочли это обманом. Судя по той жизни, что у них была, по унижениям да мучениям — свободно могут, что делать тогда? Кроме того, нужно учесть, что Тай и Дана друг на друга запечатлены.

— Вэйгу, дай-ка еще раз начальный период, глубинная память, — командует Таня, убедившаяся уже в том, что против ее материнства никто не возражает.

— Молодец, — улыбаюсь я, ибо о том же самом попросить хотела.

Ладу с Васей надо на месяц-другой папе с мамой отдать, у них сейчас не самый простой период будет. Двое приключенцев моих. И сынуля отличился, и сестренка младшая, получается, тоже. Раз у них такое запечатление, то и разлучать их не надо. Вот учителям радости будет... М-да.

— «Марс», рейсовый на Гармонию предупреди о двух пассажирах, — прошу я разум звездолета, а сама поворачиваюсь ко все уже понявшим детям. — Так, вы меня, я вижу, поняли, потому летите сами знаете куда и больше не приключаетесь. Возражения?

— Нет возражений, мама, — улыбается мне сынуля любимый. — Сейчас?

— «Марс»? — интересуюсь я.

— Переходная галерея установлена, — отвечает разум звездолета с изрядной долей ехидцы. — Вылет через полчаса.

— Сейчас, — констатирую я и обнимаю детей.

Понятливо кивнув, они нас покидают. Папу с мамой я уже предупредила, дело для них ни разу не новое, потому примут моих хороших в ласковые рученьки, раз у Лады страх исчез, и будут учить жить с тем, что они себе устроили. За Васю я рада, честно говоря, молодец он у меня: и с котятами себя хорошо показал, и с «найденышами», вырастет — «Щит» собой украсит, если не передумает. Разумеется, я в курсе мечтаний сына, как же иначе?

— Таня, я предлагаю Таю и Дане память чуть пригасить в сторону нереальности, — сообщаю я дочери Вики. — И разыграть спасение из капсулы.

— Нет, тетя Маша, это плохая мысль, — качает она головой. — Я предлагаю немного исказить правду, — и вздыхает.

Выведя на экран глубинные воспоминания, она демонстрирует мне смазанные картины, из которых следует, что родителей юных творцов действительно убили, причем на их глазах, а затем попытались и их самих, но не вышло. А не вышло, потому что дети подсознательно от горя закапсулировались — нам наши друзья рассказывали о такой возможности творцов — отчего Враг решил, что убить их обычными способами нельзя. Откуда же «чужим» знать о способностях творцов. У Аленки было нечто похожее, но недолго, а тут, видимо, хватило.

— Я предлагаю память притушить, тут возражений нет, — медленно произносит Танечка. — А затем изобразить окончание симуляции.

— Доверие потеряем, — качаю я головой. — Учитывая, что с ними там делали...

— Хорошо, — кивает она, даже не собираясь спорить. — Тогда, может, их украли и мы их нашли?

— Плохо обманывать детей, — напоминаю я ей. — Даже в мелочах, но тут иначе нельзя. Нужно завязать твое появление на конец симуляции, тогда мир примут легче.

Конечно, я читаю рекомендации группы психологов и эмпатов. Они категорически против того, чтобы «найденышей» оставлять в плену веры в предыдущий мир. А вот если слегка исказить правду — их украли в малолетстве, погрузили в симуляцию, но корабль, на котором они летели, попал в аварию. И вот они просыпаются в капсуле, с транспарантом... Что-то вроде экстренного завершения симуляции... Тогда им будет проще принять мир и не будет чувства вины по поводу других, кто не спасся. По крайней мере, так считают наши психологи. Дети превыше всего...

— Вэйгу, симуляция, — приказываю я. — Исходные данные — мнемограмма, дети просыпаются в Лукоморье, обретают маму.

— Выполнено, — сообщает мне разум госпиталя корабля.

На экране показывается средняя перспектива того, с чем мы будем иметь дело в ближайшем будущем. Я меняю параметры, ввожу новые вводные, но результат пока мало отличается — рано или поздно... Или старые страхи, или испуг, или ожидание побоев.

— Хорошо, давай предложенный мной вариант тогда, — наконец сдаюсь я.

— Прогноз недоступен, — огорошивает меня Вэйгу.

Такого я и не упомню. Значит, вариант только один, ведь я не одна... Когда-то очень давно папа наглядно показал и мне, и сёстрам — мы не одни. Рядом с нами есть все Человечество, готовое помочь в любой момент, надо только попросить. Что же, похоже, настал тот час, когда необходимо спросить совета. Я вздыхаю, но вижу улыбку своей младшей всё понявшей тёзки. Она едва заметно кивает, что неожиданно придает мне уверенности в себе.

— «Марс», трансляция! — командую я, а потом, глядя прямо на загоревшийся индикатор трансляции, продолжаю. — Разумные! Мы столкнулись с проблемой, которую не можем разрешить, потому нам нужен ваш совет.

В каждом доме, на рабочих местах, в школах и Академиях сейчас звучит мой голос, и разумные от мала до велика готовятся помочь мне советом. Сейчас транслируется мнемограмма наших, как их Таня назвала, «маугли», затем данные исследований, в том числе и литературы далекого прошлого, а следом результаты симуляций. Я знаю, нас слышат и слушают в этот момент.

Я знаю: учителя, ученые, врачи — все они задают себе тот же вопрос, что и мы, поэтому, когда основная часть трансляции заканчивается, поначалу сыпятся предложения, а затем все смолкает. Будто исчезают вмиг разные варианты после короткой речи адмирала флота, предложившего выслушать того, кто многих проводил в жизнь. И все Человечество соглашается с тем, что сначала выслушать надо того, кого многие зовут просто Наставником. Моего отца. Самого святого и важного человека для меня на всем свете. Вместе с мамой, конечно, но мама — это мама.

— Я горжусь тобой, дочь, — так начинает свою речь папа, отчего мне хочется, как маленькой, прыгать от счастья. — Ты права, детей обманывать нельзя, поэтому я не предлагаю их обманывать. В раннем детстве этих двоих отняли у родителей, затем была довольно суровая жизнь, полная, как вы установили, симуляций, а затем они смогли убежать, все правильно?

— Да, папа, — киваю я, уже понимая, что он хочет мне предложить.

И хотя вариант созвучен тому, что предложила я, но в папином изложении выглядит действительно так, что детей мы не обманываем. Мы немного недоговариваем, но именно что немного, потому что их мира больше не существует. Наши друзья установили это совершенно точно, а значит, не нужно детям то чувство вины, с которым ничего сделать не получится. Все-таки папа у нас самый-самый!

Мама

Тай

Как-то внезапно просыпаюсь, а перед внутренним взором меркнет чудесный сон о волшебной сказке, где больше нет кураторов и киан. Прямо передо мной прозрачное стекло непонятного происхождения. Лишь на мгновение ощутив укол паники, я упираюсь в него руками, и оно со скрежетом пытается подняться, но затем просто отпадает куда-то вбок, с металлическим стуком ударяясь о пол. Вокруг полумрак, разгоняемый красными мигающими лампами да транспарантом впереди, на котором что-то написано. Дана! Где она? Где? Неужели... Я резко поднимаюсь из странного вида капсулы.

Страшная догадка заставляет замереть, ощутив холод, но в следующий миг я вижу рядом вторую такую же капсулу, как и моя. Прыгнув к ней, вижу под прозрачной поверхностью обнаженное тело моей девочки, уже открывшей глаза. И вот тут я понимаю — мы обнажены, но при этом на ее теле отсутствуют все следы, и старые и недавние, ведь нас совсем недавно сильно простимулировали. Что это значит? Что?

Крышка также отпадает в сторону, едва заметно сминаясь от моего отчаянного удара, и наши руки соприкасаются. Дана смотрит на меня так, как во сне смотрели Старшие, отчего я прижимаю ее к себе. Но она удивлена, я чувствую это. Помогая ей выбраться из ванны капсулы, в которой плещется что-то неидентифицированное, обнаруживаю отсутствие всякой одежды, что очень необычно.

— Все твои шрамы исчезли, — произносит Дана, закашлявшись в конце фразы.

— Твои тоже, — отвечаю я ей, прижимая такую родную напарницу к себе. — Но одежды нет, значит...

— Не значит, — она качает головой, все отлично понимая. — Может быть, наше просыпание не планировалось. Где мы?

— Не знаю, — качаю я головой. — Пойдем посмотрим?

— Пойдем, — кивает она, держась за меня.

Где мы оказались, мне совсем непонятно. Ничего подобного я никогда не видел. В чем-то внутренность отсека напоминает корабли киан, грузовые отсеки, потому что пассажирских я не помню. При этом транспарант спереди уже начинает помаргивать, заставляя обратить на него внимание. Приблизившись вместе с Даной, я замечаю и текст помельче на каком-то большом экране.

— Аварийное окончание симуляции, — пораженным тоном читает напарница. — Что это?

— Ты вот сюда смотри, — показываю я на экран.

А вот там демонстрируются цифры и текст, из которого следует, что в какой-то «симуляции» мы пробыли больше семи лет, при этом нас с ней называют «объектами». Это никак не укладывается в голове, потому что такого просто не может быть. А все понявшая Дана уже плачет, и я понимаю отчего.

Написанное на экране говорит о том, что киан, боль бесконечных стимуляций, мучения и жуткое одиночество — это было не взаправду, а... как сон. Кто-то поместил нас в эти капсулы совсем малышами, чтобы ставить странные опыты, иначе и не объяснишь. Кто-то, назвавший нас «объектами», наверняка похитил меня и Дану… И я, тронув экран, вызываю меню, по наитию выбрав пункт «план эксперимента».

Вот теперь плачу уже и я, потому что в сухих строках отображается то, что с нами делали до сих пор и что только собирались сделать. Выходит — если бы не какая-то авария, нас просто убили бы, и все. Что именно случилось, я не понимаю, но предполагаю, раз никого нет — или все погибли, или мы здесь были одни изначально. Но теперь легко объяснить, отчего нет одежды: нас собирались просто убить, а мертвым она не нужна. Вот только что теперь делать?

— Поищем рубку, — предлагаю я прижавшейся ко мне напарнице. — Может быть…

— Да, — кивает она. — Хотя кому мы нужны…

Я очень хорошо понимаю ее: раз до сих пор нас не нашли, вряд ли мы нужны хоть кому-нибудь, но хотя бы узнать, где мы… Вдруг планета какая-нибудь попадется. Но если все, что мы знаем, было неправдой, сумею ли я посадить корабль? Если это корабль, а не что-нибудь другое…

Дверь, вполне привычного по… «симуляции»

вида, обнаруживается с противоположной стороны, то есть за нашей спиной. За ней короткий коридор, носящий следы какой-то аварии — он заполнен то ли паром, то ли туманом, что-то шипит, даже искрит. Выходит, то место, где мы находимся, в довольно плачевном состоянии оказывается, что логике не противоречит.

За покореженной дверью я вижу нечто похожее на рубку, одно пилотское место и панель управления, будто скопированную с корабля киан. В... «симуляции» она выглядела именно так. Именно это дарит мне надежду, и я, покоряясь внутреннему ощущению правильности, делаю шаг к ней. Дана тоже понимает, что нужно делать, сразу же вжимая клавишу широкого спектра связи — то есть для всех, кто услышит. Тускло и неуверенно загорается огонек связи, и напарница моя как-то очень жалобно, со слезами в голосе, произносит:

— Нас слышит кто-нибудь? — в голосе такой родной девочки надежда. — Спасите! Пожалуйста...

Не выдержав, она горько плачет, а я слушаю тишину, обнимая ее. Что же, мы хотя бы попытались... Вполне ожидаемо ответа нет, и от этого очень грустно становится на душе. Слезы сами текут из глаз, ведь мы одни, и никаких кураторов, наказывающих за это, нет. Я обнимаю свою самую родную девочку на свете, понимая, что мы обречены — ведь экран мертв, когда случается чудо.

— Дети? — пораженно спрашивает кто-то, и сразу же: — Внимание всем! Дети в опасности! «Марс» идет на помощь, продержитесь еще немного!

И в этом голосе, звучащем сейчас в динамике связи, столько уверенности и ласки, что плачется мне будто само собой, а Дана уже рыдает, цепляясь за меня. Неужели мы попали в малышовую сказку? Ведь удивившийся, явно взрослый голос, говорит с такой лаской, от которой становится тепло даже несмотря на довольно прохладную рубку... Я плачу, а далекий уверенный голос просит потерпеть еще совсем чуть-чуть, ведь нам на помощь идут люди.

— А почему вы так? — не в силах сдержаться, сквозь рыдания спрашивает неведомого взрослого Дана.

— Потому что мы люди, малышка, — отвечает ей незнакомый нам пока... волшебник из детских сказок. — Мы люди, а для нас нет ничего важнее вас.

И эти несколько слов звучат для нас с Даной так невероятно, невозможно, будто из наших мечтаний после стимуляций, из рассказов Старших, они пришли теперь в реальность. На мгновение даже ощущаю себя в только что виденном сне, а потом мир меняется. Тот же голос говорит, что видит нас и капсула наша сильно разбита. От этих слов опять плакать хочется, потому что надежда тает, но, оказывается, для людей это не препятствие. Звезды великие, люди... из сказок...

Дана

Все происходит так быстро, что я даже сообразить не успеваю, хоть и плачу от слов незнакомых людей постоянно. Они рассказывают нам, что сейчас заведут нас в док, чтобы помочь, при этом спрашивают, разрешим ли мы взойти на борт. Это так необыкновенно, просто невозможно, что я сначала и не знаю, как реагировать. Тай сдавленным от слез голосом разрешает, и вот через несколько мгновений что-то случается.

Я будто теряюсь на мгновение, а затем нас с Таем вдруг... обнимают. Я знаю, как называется это действие, потому что старшие же делали то же самое. И вот как-то вдруг взрослая нас обнимает, потом командует что-то, и вокруг становится многолюдно. Как будто тумблер повернули — сразу вдруг множество людей вокруг. Но они нас не пугают, потому что меня и Тая заворачивают в простыни и куда-то несут. Его женщина несет, одетая во что-то серебристое, а я вглядываюсь в сосредоточенное лицо того, у кого на руках оказываюсь.

Путь пролетает как-то очень быстро, я ничего не запоминаю, а затем, вдруг обнаружив себя на широкой лежанке в какой-то светлой каюте, могу только ошарашенно хлопать глазами, а эта волшебная незнакомка одевает нас с Таем. Ну вот просто как малышей — надевает на меня и на него такие же серебристые комбинезоны, приговаривая, что теперь-то точно все хорошо будет.

— Ой, мама, а это кто? — в той же каюте вдруг обнаруживается девочка, на вид даже чуть постарше нас. Она смотрит на женщину так, как мы на Старших когда-то давно.

— Это твои братик и сестренка, — отвечает девочке ее мама.

И вот в первый момент я даже не понимаю, как именно она нас назвала. Я знаю, что означают эти совершенно невозможные слова, но оттого, что слышу их, чувствую, что сейчас заплачу, потому что мы совершенно точно спим, ведь такого не может быть. А меня гладят ласковые руки, отчего совсем не хочется ни о чем думать, но я решаю все же проверить свои мысли — вдруг понимаю неправильно?

— А ты... — я пугаюсь, конечно, но мне действительно надо узнать, верно ли я услышала.

— Что, маленькая? — наклоняется ко мне взрослая, глядя с такой лаской, что я даже всхлипываю от этого.

— Ты теперь наша... — я зажмуриваюсь, чтобы не видеть возможной реакции в случае, если ошибаюсь, но все-таки выдавливаю из себя: — Мама?

— Я теперь ваша мама, — уверенно кивает она, а потом показывает: — А вот ваш папа, и сестренка еще.

— Ура! — радуется названная, бросаясь к нам с Таем. — Братик! Сестренка!

А я будто выключаюсь на мгновение, потому что совершенно невозможное что-то происходит. Невозможное, невероятное, как будто я сплю или... Я даже не знаю! Но что-то тихо шипит, и мои глаза открываются вновь. Ой, новая сестренка, кажется, сейчас плакать будет!

— Ну-ну, — слышу я чей-то голос, такой же

добрый, как и мамин. — Не надо нам тут обморока, вы не спите, все хорошо.

— Мама... — шепчу я.

— Добро пожаловать домой, дети, — улыбается взрослый, ну тот, который... папа. — Теперь все будет хорошо.

И меня обнимает Тай, так знакомо, отчего я, кажется, успокаиваюсь. Мне еще очень сложно понять, как так вышло, что нас приняли, ведь мы совсем чужие, но при этом я чувствую — нас действительно приняли. И у нас на самом деле есть мама, папа и сестренка. Но в этот момент нас опять куда-то несут... Нас на руках несут! Не за шиворот, не за ногу, а как Старшие носили — бережно, будто мы из чего-то хрупкого сделаны, и это просто невозможно выдержать.

— Как вы хотите зваться? — интересуется мама, и от сути ее вопроса у меня замирает все внутри.

Она не спрашивает, как нас зовут, а только, как мы хотим, чтобы звали, отмечая тем самым начало новой жизни. Несмотря на то что мы с напарником сразу же называемся, от волшебства этого вопроса я еще долго не могу прийти в себя. А нас несут в медотсек, чтобы полечить и... защитить. Они нас от болезней защитить хотят! Да, мы знаем, что это такое, станция на Бриане вымерла полностью из-за одного вируса, поэтому мы и боялись заболеть сильнее, чем куратора. И вот первое, что делают мама и папа — несут нас в медотсек, чтобы защитить. Это... это сказочно просто!

— Сейчас дети обнимут мишку и поспят, — информирует нас обоих новая мама. — А мы тем временем посмотрим, как вы потеряться умудрились. Ну а затем сразу будет завтрак традиционный.

Я переспросить даже не успеваю, когда вижу плюшевого мишку из снов. Временами к нам приходят эти сны, в которых добрые руки мамы, игрушка какая-нибудь и нет боли. Может ли быть, что эти сны пробивались сквозь «симуляцию»? Надо будет спросить обязательно! Но потом, а сейчас...

Я просыпаюсь как-то моментально, отпуская теплую шерсть игрушки. Меня сразу же обнимают, а я все не могу прийти в себя, но тотчас же чувствую просто зверский голод. Как будто неделю в гибернаторе провела, не иначе. Голод настолько сильный, что просто скулить хочется, но я себя сдерживаю, конечно, потому что вместе с голодом и страх появляется.

— Проголодались мои хорошие, — добро улыбается мама. — Сейчас мы проверим, насколько у вас способность ходить восстановилась, заодно и до столовой дойдем, согласны?

— Да-а-а... — шепчу я, с трудом веря в такое чудо.

— Брат и сестра твои, Машенька, — объясняет она сестре, но я тоже слушаю, удивляясь. — Долгое время были совсем одни, без мамы и папы. Им показывали картины, которых не было, и делали это...

— Киан, — уверенно говорит Тай.

— А что такое киан? — не понимает названная Машей сестра.

— Мы называем эту расу Врагом, — коротко отвечает наш папа, а я начинаю улыбаться.

«Родители» — я вспомнила это слово, невесть когда слышанное — точно понимают, о ком мы говорим, а вот сестренка нет. Папа рассказывает нам всем, получается, что Врага уничтожили, а мы потерялись, как оказалось, поэтому, как только нас нашли, сразу же... У нас сразу же появились родители, причем для Маши, я вижу, это не сюрприз! Но почему? Почему?

— Почему?! — не выдерживаю я.

— Чужих детей не бывает, сестренка, —

серьезно отвечает мне Маша, а родители кивают, и я вижу — они действительно так думают! Но... Но как?

— А вот так! — хихикает она.

Ответ ее на самом деле совсем непонятен, но выглядит он сказочным, как и все вокруг. Мы проходим по широким зеленого цвета коридорам, где нет никого, и входим в столовую. По крайней мере, так это место называет мама, хоть и на столовую совсем непохоже, по-моему. Нас усаживают за стол, чтобы покормить «традиционной кашей», и вот в этот миг я понимаю: чудеса только начинаются.

Бесконечность заблуждений. Феоктистов

Отец мой во флоте служил, а я неожиданно для него пошел в щитоносцы. В древности наша служба называлась контрразведкой, насколько я историю помню, а теперь мы Щит. Мы защищаем наше Человечество и наших друзей от очень многого, хоть и работы обычно почти нет. Но это-то и хорошо. Впрочем, дальняя разведка — это тоже наша ответственность, а там работы хватает всегда.

Новость, которую принесли нам — кто бы сомневался — Винокуровы, серьезна по сути своей. Винокуровы это почти легенда Человечества. Начиная от Наставника показывают всем, что такое Разум, уча нас очень многому. Сын Наставника спас всех нас в далекие времена, да и вообще — если что-то где-то необычное происходит, то без Винокуровых точно не обошлось, примета такая. Вот и в этот раз... Чужой корабль нырнул в измененное пространство Испытания, подарив нам чудесных просто троих котят. Я разговаривал с их мамой — просто не нарадуется на детей, что норма. Они-то уже ничего не помнят, то есть вообще ничего, что динамичности в жизнь, разумеется, добавляет, но речь сейчас не о том.

Итак, тюремный корабль, в котором были дети. Подумать даже страшно, на самом деле. Так вот, эти дети жили лет до двадцати, а затем их, похоже, уничтожали, и вот понять подобное трудно. Поэтому Человечество постановило — послать дальний разведчик с целью найти домашнюю планету кошек да разобраться в происходящем. Мы с дикими не разговариваем, да и не вмешиваемся в их развитие, но если им настолько не нужны собственные дети, то Человечество примет всех.

Тюремный корабль, судя по всему, шел по прямой, в нарушение всех правил навигации, потому нам нужно просто повторить его путь. И вот когда мы установим, что происходит, можно будет уже и думать. Конечно же, от «Щита» с кораблем решаю отправиться и я. Ну чем я хуже Винокурова? И не так мне много лет, чтобы отказаться от приключения. Именно поэтому спустя сутки после принятия решения я поднимаюсь на борт «Альфы» — это самый совершенный и современный дальний разведчик.

— Добрый день, Виталий Ефимович, — здороваюсь я с командиром звездолета, ступив в рубку.

— Добрый день, Игорь Валерьевич, — кивает он мне в ответ, добавляя: — Старт через десять минут.

Разумеется, мы знаем друг друга, ведь я, по сути, его начальник, но общаемся в соответствии с традициями Флота. Ибо традиции — основа флота, как и инструкции, кстати. Весь Флот на этих традициях стоит, что иногда выглядит странным, особенно для молодежи, ну а мы что, мы привычные уже.

Я усаживаюсь на свое место, определенное штатным расписанием, сразу же подняв щиты звездолета в половинное, так называемое «походное» положение. Инструкции писаны кровью, и кто знает, что нас ждет в пути, потому мои действия почти рефлекторные, а улыбка спокойная. Виталий одобрительно кивает, ибо на мостике главный он, кем бы я ни был, даже легендарным Творцом. На экране отображается схема движения — внутри ареала Разума и за его пределами. Ну внутри-то все хожено-перехожено, потому мы прыгнем сразу за условную границу расселения Человечества. Ожидаемо пунктир идет в обход всех известных нам систем, населенных Разумными, так что пока нужно просто расслабиться.

— Старт, — звучит короткая команда, и экран расцвечивается плазменным коридором гиперскольжения, в котором мы идем с ускорением. Правила навигации не рекомендуют, но время дорого. Просто очень дорого время, потому что дети, получается, нуждаются в помощи, а что может быть важнее детей?

Выскакиваем мы в Пространство уже за Форпостом. Навигационный буй помаргивает огоньком на экране. Он-то в реальности просто висит в пространстве, просто визуализация такая, это мне как раз известно. Совершенно незаметно минуло почти шесть часов, что говорит еще и о мощности наших двигателей, и вот сейчас начинается работа — прыжок-всплытие. Да еще если учитывать, что места тут, как в древности говорили, «заповедные», то есть бывали только квазиживые, да и то не везде, больше автоматика картографирования, и все, то быть может что угодно. Скорость кошачьего корабля нам известна, и примерно сколько сменилось поколений — не менее трех, следовательно, начало поиска у нас где-то парсеках в пяти, насколько я понимаю.

— Поиск по инструкции, — предупреждает меня командир «Альфы», на что я только киваю — он прав.

Инструкции написаны кровью, и чтобы дополнительные пункты не писали нашей, где возможно, надо им следовать. Пока у нас только Винокуровы способны так нарушать инструкции, чтобы потом по ним Песнь Прощания не звучала, но они и сильнейшие интуиты Человечества, так что понять можно, а мы испытывать судьбу не будем. Пока я размышляю, «Альфа» отстреливает буй, начиная движение, и сразу же приходит подтверждение правильности действий по инструкциям — обнаружена масса металла, очень похожая на корабль-тюрьму, то есть летающий кирпич.

— Обследование возможного судна живых не обнаружило, — сообщает разум звездолета. — Отправлен бот-разведчик.

Это уже не автомат, а полноценный квазиживой с адаптированным для разведки телом — на скорпиона чем-то похож. Вымерли скорпионы еще во Вторую эпоху на Праматери, а с собой их люди не таскали. Понятно, чего вымерли — холодно им стало, потому, наверное. Я прислушиваюсь к себе, понимая — ничего мы там не найдем, поэтому поиском не интересуюсь, ожидая возвращения бота.

— Корабль пуст, — докладывает через некоторое время «Альфа», демонстрируя запись на экране.

Пустые коридоры, ряды клеток, в которых скелетики лежат, и больше никого. Погибли все, понятно... Не будем мы трогать их последнее пристанище, только еще одним буем обозначим и дальше двинемся. Выходит, не один этот корабль был, совсем не один. Интересно, в чем смысл так издеваться над детьми? Вряд ли ответ будет прост для понимания... Самобытные цивилизации бывают разными, очень разными... Но разума достигают именно они, поэтому нужно выяснить, что же произошло, ну и спасти всех тех, кого еще можно.

— Прощайте, — вздыхаю я, глядя на корабль-тюрьму. — Пусть вам там, где вы окажетесь, будет хорошо.

Еще раз вздохнув, я усаживаюсь на место, а вместе со мной и все офицеры «Альфы». Нам пора продолжать путь. В древности люди говорили: «нас ждет Земля», ну а нас — все Человечество, ибо Земля стала историей, и как оказалось — не самой простой историей. Однажды, я верю, мы узнаем, с чего все началось, а пока — пора продолжать путь.

— Принимаю модулированную передачу, — сообщает «Альфа», и звучит это громом с ясного неба, потому что находимся мы за пределами звездной системы.

Мы забрались в далекие дали, здесь, по-моему, даже автоматов еще не было, но вот, выйдя еще раз из гиперскольжения для ориентации, мы принимаем модулированную передачу. Это означает начало разговора, возможную разумную жизнь это означает, вот что...

— На экран, — звучит команда, хотя расшифровка еще идет.

В эти минуты мы замираем, потому что есть вероятность контакта, а вот группы Контакта на борту нет, и звать ее сюда просто нельзя. Будем обходиться своими специалистами. У нас тоже есть, не такие опытные, правда, но есть. И в эти минуты, пока идет расшифровка, у нас еще есть время подумать и подготовиться.

— Лейтенанта Камбурову и дежурного интуита в рубку, — приказываю я.

— Выполняю, — откликается «Альфа».

Эмпаты и интуиты — обычное сопровождение Контакта, а у нас возможен именно он, поэтому надо подумать. Эмпат у нас на корабле ровно один, ибо работы у Наташеньки обычно нет, кроме тех случаев, когда кому-то грустно станет, ибо она наш корабельный психолог в походе. На базе-то совсем другие сказки, конечно, но в походе все меняется.

— Здравствуйте, братья по разуму! — звучит в тишине рубки механический голос. — Нам очень нужна ваша помощь!

— Неожиданно, — реагирует командир звездолета, оглянувшись затем на меня.

— «Альфа», — начинается моя работа, ибо перекладывать Контакт, тем более такой, на флотские плечи неправильно, — на том же языке протокол Первой Встречи, в сопровождении готовности оказать любую помощь. И запрос двусторонней связи.

— Выполняю, — разум звездолета и сам знает последовательность сигналов, потому проговаривать каждую деталь нужды нет.

— Интересный Контакт, товарищи, — замечает совершенно незаметно вошедшая в рубку Наташа Камбурова. — И есть какое-то ощущение...

— Кошки это, скорее всего, — улыбается обнаружившаяся за моей спиной Вера.

Похоже, нам повезло, ибо сегодня у нас дежурит лучшая ученица Винокуровой, а Мария учит не только дару доверять, но и многому сверх того. К Винокуровым в ученики попасть большой удачей считается среди интуитов, но и качество на выходе, конечно, выше. Хоть загоняй все семейство в наставники... Это, конечно, шутка, но, по-моему, уже не просто шутка, ибо сильнейшие есть сильнейшие...

— Возможные друзья готовы к общению, — сообщает мне «Альфа». Быстро они, тоже не очень ожидаемо, конечно, ну и обращение, конечно...

— А как так быстро? — удивляюсь я.

— У них базовые нормы соответствуют нашим, — спокойно отвечает мне многоопытный разум звездолета. — Так что просто обменялись понятийными блоками.

— Понятно… — удивленно тяну я. — Ну давай общаться.

На экране появляется изображение. Наверное, подсознательно я к этому готов, поэтому появившемуся коту даже не удивляюсь. Затянутый в черный мундир с блестящими знаками различия, отдающими красным, он внимательно смотрит на меня. На фоне заметна вполне такая обычная рубка где-то второй-третьей Эпохи, ну и другие члены экипажа, занимающиеся своим делом. Рабочая, можно сказать, обстановка. Я поднимаюсь из кресла, чтобы поздороваться с «возможным другом».

— Здравствуйте, — произношу я, решив начать речь первым. — Человечество приветствует вас, мы пришли с миром.

— Здравствуйте, — звучит механический голос переводчика, а кот на экране склоняет голову. — Ка-энин приветствует Человечество. Мы пришли с миром.

Вот теперь можно говорить вполне спокойно, то есть воевать, судя по всему, не будем. Ну а так как я начал разговор, то мне и продолжать. Именно поэтому я озвучиваю, кто мы, откуда и куда путь держим. На экране светятся результаты обследования котят, их состояние, ну и все нам известное. Кот смотрит на это пораженно, как мне подсказывает Наташа, но она же говорит, что ситуация с котятами не сюрприз для моего визави и, стоит мне закончить, начинает говорить он.

— Долгие годы на наших планетах бушевала эпидемия страшной болезни, — на экране показываются какие-то цифры, графики, изображения мертвых существ. — Выживали только дети, проживающие шестнадцать-двадцать циклов. После чего они теряли слух и разум, становясь будто роботами, работающими по одной программе. Стоило нам, однако, победить болезнь, и выяснилось, что некоторые семьи бежали... Наша задача найти их и вылечить.

— От одного корабля, более похожего на тюрьму, — «Альфа» по моей просьбе демонстрирует кадры внутренних помещений, — осталось в живых трое котят, не помнящих ничего.

— Что с ними случилось? — вот тут кот подается вперед.

— Обрели маму, папу, сестренок, — улыбаюсь

я, показывая семью такой, какой мне ее показывала Лика совсем недавно. — Ведь дети превыше всего.

— Дети превыше всего... — шепчет он, и вот тут я вижу: из его глаз текут слезы. — Мы не заберем малышей из семьи, никогда... Но вы сотворили чудо.

И вот тут внезапно оказывается, что Человечество как-то очень хорошо вписывается в кошачьи легенды в качестве Старших Братьев. Давно ли для Человечества таковыми стали Первые Друзья? Вот, видимо, пришла наша очередь. Но именно потому, что мы приняли их котят, мы и вписались в легенды. После победы над болезнью очень много котят осталось сиротами, а уж те, кто сталкивался с обезумевшими особями...

— Мы поможем вам всем, чем сможем, — твердо обещаю я. — И лечением, и воспитанием, и теплом для малышей.

— Спасибо вам, Старшие Братья! — склоняет голову кот, а я вызываю базу.

— «Альфа», прямой на Базу, — приказываю я, улыбаясь одними губами. — Эвакуатор с «Панакеей», нашим новым друзьям нужна помощь.

— Прямой канал установлен, передаю сообщение, — отвечает мне разум звездолета. — Прогноз получения — восемь часов.

Не научились мы пока мгновенно передавать сообщения на такие расстояния, но это еще придет, а пока у нас появляются котята, ну и раса, которая, несмотря на то что осталось их мало, подумала все же о тех, кто затерялся в пучинах Пространства. Во многом они еще дети, ибо взрослых у них не было, и старшие воспитывали младших. Именно поэтому и происходит такое принятие нас, ведь для нас дети превыше всего. Неважно, как они выглядят, сколько им лет, пока они дети — они важнее всего, поэтому Человечество не просто поможет.

И глядя на то, как кот смотрит на играющих котят, я понимаю: Человечеству предстоит обогреть целую расу. Многие погибли, очень многие, но мы поможем тем, кто жив. Мы дадим им вовсе не готовое решение, ведь свой путь им еще предстоит найти, но мы просто обязаны дать этим детям самое главное — тепло и поддержку. Для меня совсем не сюрприз тот факт, что мой собеседник еще подросток, у них просто практически нет старших — совсем. Они дети не только по развитию, а по сути.

А дети превыше всего!

Новая жизнь

Дана

Не знаю, было ли все наше прошлое симуляцией или же мы просто умудрились убежать, но осторожные мои расспросы вызывают непонимание. Оказывается, у людей, которые теперь наши... родители! Так вот, у людей нельзя детей стимулировать болью, и оаграх они не знают, вот просто совсем! Получается, мы действительно в сказке...

— Расскажи мне, доченька, — просит меня мама. — Что такое агры? И как определяется агр?

— Агр — это человек с активным геном агрессивности, — рассказываю я намертво в нас вдолбленное.

— У человека нет такого гена, — улыбается она, гладя меня по голове. — Человечеству известно строение человека, но гена, отвечающего за агрессию, нет. А как его определяют?

— Ну в детстве... — я задумываюсь.

— Если ребенок капризный, возмущенный, кидает игрушки, значит, он агрессивный, — объясняет Тай, наслаждающийся лаской мамы. — Тогда родители его выкидывают...

— Такого не может быть! — почти выкрикивает наша сестренка, Маша. — Родители никогда не откажутся от ребенка, вот вообще никогда, иначе они не родители!

И тут я задумываюсь: а что, если отказавшиеся от нас — ненастоящие родители, а настоящих они, например, убили? Ну для того, чтобы нас мучить... Хотя зачем мучить именно нас? Вот этого я не понимаю, но у нас уже есть родители, а они все-все знают! Поэтому я переадресую этот вопрос маме. Папа сейчас в рубке, потому что мы домой летим, в нашу новую жизнь.

— Вэйгу, насколько безопасно показать? — интересуется она у... разума медотсека.

Это так интересно — и у корабля есть разум, и у медотсека, они зовутся «квазиживыми», потому что созданные, а не рожденные, но никто из людей разницы не делает! Мама очень уважительно общается с квазиживыми, и это не страх, не игра, а она именно так чувствует, и папа тоже, и даже Маша, потому что для них это норма!

Вместо ответа в раздаточном автомате что-то щелкает, я оборачиваюсь и вижу два стаканчика прозрачных, наполненных почти невидимой жидкостью. Она от воды по вкусу ничем не отличается, поэтому мы и выпиваем с Таем, сразу же почувствовав какое-то спокойствие, но не сонливость, и тогда мама, кивнув, кивает нам с напарником на экран.

— Киан! — не сдержавшись, выкрикиваю я, понимая, что мы обречены.

— Успокойся, маленькая, это только изображение, — гладит дрожащую меня мама, обнимая вместе с Таем. — Так выглядели те, кого мы называем Врагом. Они уничтожены.

От этих слов я чувствую облегчение, ведь мамочка не может обманывать, а на экране разрушенный корабль киан падает на планету. Он совершенно точно разрушен, я вижу, отчего мне становится уже совсем почти спокойно. А мне показывают картины: у родителей отбирают детей, вырывая из их рук, а это значит — я правильно догадалась. Но почему? Зачем?

— Почему мы? Почему? — выкрикиваю я, не сдержавшись.

— Потому что у вас есть дар, дети, — вздыхает мама. — Дар, носителей которого Враг пытался уничтожить любой ценой.

— Дар? А что это такое? — не понимает Тай, лишь на мгновение опередив меня с вопросом.

И вот тут оказывается, что на свете существуют разные умения, которые люди называют «дарами». У кого-то очень хорошая интуиция, кто-то умеет чувствовать эмоции, а кто-то как мы... О нашем даре пока не очень много известно, но в будущем, возможно, мы сможем «творить миры», хоть и звучит это еще одной сказкой. И вот поэтому киан очень нужно было, чтобы мы все умерли, но просто так нас убить не получалось, вот они и старались по-своему.

— Когда-то очень давно, — продолжает говорить мама, — в глубокой Древности, один человек, имени которого История не сохранила, описал детей, провалившихся в прошлое. Вот книга, которую нам удалось найти.

И со ставшего темным экрана звучит голос. Судя по голосу, взрослая читает эту самую книгу вслух, а мы с Таем слушаем ее. И лишь услышав «школа Войны», я всхлипываю. А затем рассказывается о Риве и Ольге, я же пытаюсь понять, откуда мне знакомы эти имена. Я их точно слышала и совсем недавно, но откуда?

— Это те двое, взорвавшиеся на экспериментальном боте, — неожиданно говорит напарник. — Незадолго до того самого восстания, после которого нас...

— Ой, точно... — вспоминаю я. — Значит, это... книга? Не по правде, значит?

— Выходит, действительно симуляция... — тихо отвечает мне Тай. — Только потому, что у нас дар?

— Да, сынок, — вздыхает она, прижимая нас к себе, а я думаю о пережитом.

Хорошо, что школа Войны была неправдой, потому что младших очень жалко, но ведь эта неправда оставила следы в нас. Мы же все равно будем бояться! Я очень хорошо понимаю сейчас это, потому начинаю рассказывать маме о... о нас. О том, как страшно что-то не знать, или сделать неправильное, как нужно ждать удара и боли в любой момент. Я рассказываю и вижу — она понимает меня. Она же мамочка, поэтому, наверное, все понимает.

— И в школе страшно будет... — заканчиваю я,

обнаружив, что нас и Маша обнимает, и плачет еще.

— Не будет страшно, — твердо отвечает мама. — Сначала будет у вас школа виртуальной, вы будете дома оставаться, и ваш страх тоже. А там — решим. Никто вас пугать и принуждать к чему-либо не будет.

И такие сказочные эти ее слова, что мне опять плакать хочется. И я плачу, потому что рядом мамочка, которая обязательно защитит от куратора, пусть даже его и нет. Я за короткий срок выплакала больше слез, чем за всю свою жизнь — и не от боли. Просто невероятно все, что происходит. Невозможно для двоих агров, которые оказались детской книжкой из очень древних времен. Это мама сказала, что книжка была детской, я бы не догадалась — очень уж серьезной она мне показалась. Ведь у агров Рива и Ольги были те же проблемы, что и у нас, но им еще было трудно поверить, да и оказались они совсем в другом времени...

— Книги для детей и должны быть такими, — объясняет мне мамочка. — Ведь как иначе ребенок научится думать и сопереживать?

И я снова задумываюсь. У людей дети превыше всего, но это вовсе не значит, что можно лежать и все вокруг будут делать, что тебе хочется, это совсем другое означает. И мама объясняет мне, что именно... Тай необыкновенно молчаливый, потому что просто в ступоре, ведь нас вылечили от последствий симуляции, и прививку универсальную сделали, теперь нет опасности заболеть... Но вот мой напарник — он просто в ступоре, потому что все, что мы прежде знали, оказалось неправдой. А он мальчик, ему больше времени нужно, так мама говорит, а она точно знает, как правильно. Потому что мы в сказке.

Лада

Понять, почему нас так быстро отправили, я могу, да и Вася кивает, значит, все правильно. Мы действительно там больше мешать будем, а ведь и у нас самих изменения. Я растеряла весь свой страх, а милый совершенно незаметно стал старше. Он внутренне стал старше, потому что почувствовал ответственность не только за меня.

На самом деле, только вынырнув из своего страха, начав заботиться о Ша-а, я поняла, что Вася взял на себя ответственность за меня, ведь несмотря на все усилия, несмотря на полное доверие к родителям, прошлое все еще заставляло меня испытывать неизвестно куда улетучившийся сейчас страх. Потерять родных, снова стать никому не нужной... Я понимаю, куда он пропал, ведь я на деле увидела, что чужих детей действительно не бывает, и даже замученная почти совсем непохожая на людей девочка обрела маму и папу. А уж совсем чужие «найденыши»... С ними совсем не так просто, но я знаю, что все будет хорошо, и трансляция тети Маши это только подтверждает.

— Не страшно? — вполне привычно спрашивает меня Вася, хоть и знает, что такого уже не может быть, но все равно заботится, и мне очень счастливо от этой его заботы.

— Нет, милый, — качаю я головой, прижимаясь, насколько это позволяет кресло рейсового звездолета.

В моем прошлом от такой позы мне бы давным-давно уже было очень грустно, да я бы плакала без остановки от боли, а тут люди. Глядящие на сидящих в обнимку двоих детей люди просто улыбаются, но и присматривают, конечно. Не навязывают свое внимание, но готовы прийти на помощь, если будет нужно, и я чувствую это. Дар у меня эмпатический, поэтому я очень хорошо чувствую отношение других разумных.

Рейсовый звездолет уже причаливает к лифту, что унесет нас на поверхность. Ну не совсем на поверхность, а к причалу отобуса, потому что отобусы на орбиту почти не летают, но тут я замечаю сквозь иллюминатор знакомый мне электролет, начиная улыбаться — папа прилетел, ну и мама, конечно же, ведь они поодиночке не встречаются. Внутри все замирает от предвкушения встречи с самыми-самыми людьми в моей жизни. Спасшие нас всех тогда, когда казалось, что смерть совсем близко, они взяли нас с братьями и сестрами в свои дети. Просто как-то раз — и «доченька». Я плакала тогда, особенно когда узнала, что боли больше никогда не будет.

Стоит зажечься зеленому огню, и я подскакиваю на месте, готовая нестись к папе. Вася все понимает, улыбаясь ярко, открыто, как только он и умеет. Да, я знаю, что запечатлелась, потому что такова особенность нашей расы, но и он... Я чувствую всей душой — я для него очень важна, важнее всего на свете. Но у людей запечатление редко происходит, почему тогда у нас так? Я не знаю ответа на этот вопрос, но папа наверняка знает, поэтому надо спешить к нему.

И действительно, стоит сделать шаг сквозь отвалившийся в сторону основной люк, и я вижу их. Не в силах сдержаться, взвизгиваю, бегом, утаскивая за собой Васю, спешу к таким родным людям. И все вокруг начинают улыбаться ярче, подаваясь в стороны, буквально купая нас в тепле своих душ. Папа раскрывает объятья, принимая нас в них, а я прижимаюсь к нему и затихаю, потому что полностью счастлива.

— Притянулись дети, — негромко говорит мама, гладя Васю и меня по голове, и от таких родных ее рук хочется мурлыкать, хоть я и не кошечка.

— Это было ожидаемо, — я слышу улыбку в папином голосе. — Вася все понял?

— Вася все понял, — отвечает мой милый. — Ладушка моя страх растеряла, это ли не чудо?

— Вот и хорошо, — произносит мама, после чего мы начинаем движение. — Давайте домой, дети.

Раз за разом я поражаюсь тому, как взрослые относятся к нам, да и не только к нам — ко всем детям. Каждый ребенок чувствует себя любимым, важным, нужным… И это просто бесценно для любого, кто понимает, как может быть иначе. Хотя Вася вот не понимал до Ша-а, а все равно был таким… Просто чудо.

Наш дом, огромный, но знакомый каждому, будто радуется нам обоим, вот такое у меня ощущение. Мы рассаживаемся за столом, чтобы поговорить, потому что это необходимо, ведь разлучать меня и Васю уже неправильно. Просто чудо, что родители это понимают, что и подтверждают немедленно.

— В первую очередь, — начинает папа, обняв маму. — Чтобы не возникали никакие мысли — никто вас не разлучит.

— Мы знаем, — кивает мой Вася, сохраняя со мной контакт. — Но…

— Сейчас мы пообедаем, — продолжает папа, — а затем вы отправитесь в вашу комнату, чтобы посидеть в тишине. Вам это нужно, а взрослые займутся организационными вопросами.

Я сначала киваю, а потом задумываюсь — а какая она, «наша» комната? И еще из моей же нужно все перенести. Мне ее немножко жалко, потому что она украшена красиво, и еще стол удобный, и… И у Васи же тоже была своя комната, а каково ему будет в новой? Я уже что-то хочу сказать, но милый останавливает меня.

— У нас все комнаты модульные, — объясняет он мне. — Нашу комнату создали слиянием двух существующих, понимаешь?

— Ой... — отвечаю ему, потому что действительно об этом не подумала, хотя папа говорил же...

Значит, выходит, все вопросы решены и можно просто жить, ощущая поддержку старших. Я расслабленно выдыхаю, заинтересовавшись тем, что у нас на обед, но тут неожиданно звучит сигнал экстренной трансляции. Это означает — что-то случилось, и нужна помощь или совет всего Человечества, а возможно — и всех Разумных. Причем случилось что-то очень важное, поэтому обед откладывается.

— Разумные! — на экране появляется дядечка, смутно мне чем-то знакомый. — Случилось так, что мы встретили... детей.

И он рассказывает историю Ша-а и ее котят, а затем — о том, что поиск их родной планеты начался сразу, ну это я помню, потому что тоже трансляция была. Так вот, флотские нашли родную планету, только ситуация на ней оказалась сложной — практически не осталось взрослых, ну или вообще не осталось, а вирус, который их убивал, коты победили, в чем этот дядечка не уверен. Но зато есть много-много детей, у которых нет никого. Он показывает запись разговора с тем котом, который командует флотом и я понимаю: он разве что чуть старше нас с Васей, а в глазах его такая тоска, что хочется просто заобнимать. Я не очень понимаю, как это стало возможным, но теперь перед Человечеством, да и перед всеми Разумными новое испытание — надо обогреть целую расу. Много-много котов и кошечек, у которых никогда не было мамы и папы... Которые выживали, и старшие заботились о младших, как Ша-а и ее котята...

По-моему, ответ разумных очевиден. Папа улыбается, глядя на котят, которых показывает большой экран в столовой. Что же, мы встретили потерянных детей, а дети для Разумных превыше всего. На этом строится настоящий разум, который вовсе не зависит ни от типа двигателя, ни от мощности пушек. Так нас учат в школе, так живет Человечество и все наши Друзья.

Просто жить

Наставник

Ожидаемо, котята вирус не победили, он стал латентным, поэтому может активироваться в любой момент. Мы, разумеется, извещаем их об этом, что вызывает вполне детскую реакцию, но тут у нас есть решение. Это решение, правда, надо обсудить со всеми, поэтому я сейчас смотрю с многочисленных экранов на потерянных котят. Они совершенно потерялись в мире, ведь ко всему пришлось идти за очень короткий период жизни, и поэтому оплакивающие своих Старших дети сейчас с надеждой смотрят в экраны. Рядом со мной стоит Лика, держа на руках своих малышей, она ласково улыбается в глазок камеры, и знает — нас услышат.

— Нет ничего важнее детей для любого Разумного, — сообщаю я котятам, ведь они все для нас дети. — И чужих детей просто не бывает.

Я даю время им переварить эти два основополагающих принципа нашего Критерия Разумности. Девочки наблюдают за обратной связью, ведь для наставника она очень нужна, кивая мне. Значит, реакция в целом положительная, это уже хорошо.

— Мы вылечим вас безо всяких условий, — продолжаю я свою речь. — Но вот то, что будет затем, нам нужно решить всем вместе. Для нас, Разумных, вы дети и прежде всего вам нужны родные, близкие, на кого можно опереться, кому можно поплакать и не стремиться становиться взрослым.

Я делаю паузу, но в этот момент вперед выходит та, кого когда-то называли Ша-а. Она смотрит в камеру, рассказывая о себе. О решетках, погибшей Хи-аш и чуде. Котенок так и говорит о нас, как о чуде: моментально принявшая ее мама. И то, как она о Лике говорит, какие эмоции вкладывает, вызывает слезы даже у меня. Малышка почти боготворит свою маму, и я знаю — потерявшиеся дети тоже плачут сейчас, остро желая, чтобы и у них было такое. Вот и мой черёд.

— Мы можем предоставить наставников и помощников, чтобы помочь вам наладить свою жизнь, — говорю я совсем не то, что желаю в данный момент, но так просто надо. — Или же... вы можете влиться в нашу цивилизацию, обрести маму и папу, ну и мир, в котором ребенок превыше всего и никогда не будет боли. Но это решение должны принять именно вы.

Глазок трансляции медленно тухнет, а эмпаты за моей спиной плачут в обнимку. Можно даже не спрашивать, потому что все понятно и так. За прошедшие недели мы достаточно изучили остатки кошачьей цивилизации. Котята не живут, они выживают и все равно в первую очередь подумали о тех, кого насильно увезли, желая их спасти. Я считаю, наш порыв будет оценен, а чужих детей не бывает. Просто не может быть, и все.

Да, с ними, если согласятся, будет непросто, но мы справимся, потому что мы все Разумные. И именно поэтому никаких препятствий на нашем пути быть не может. Я знаю, что сейчас люди и наши Друзья посылают запросы, желая стать мамой и папой малышам и тем, кто взрослее, но все равно дети. Это совершенно естественно — желать дать ребенку тепло и родительскую любовь, но решить должны котята сами, потому что никто никого принуждать не будет. И вот, когда я хочу дать старт голосованию, благо каждый уже знает, как это сделать, загорается экран планетарной сети вещания. С него на меня смотрит уже знакомый нам кот. В его глазах такая надежда, что я против воли подаюсь к экрану.

— Вы говорите, что решить должны мы, — говорит он мне. — Вы спрашиваете нашего мнения, оно для вас важно. Совсем юная Хи-аш говорила о своей маме, обретенной у вас так, как никто и никогда не говорил о нас. Наша цивилизация разрушена, мы... у нас... — его голос прерывается.

— Ну что ты, сынок, — не выдерживает моя любимая. — Не надо плакать, ты все правильно делаешь. Вы больше никогда не будете одни.

И вот этот взгляд, ведь он услышал нас... Я кошусь на камеру, увидев вновь зажегшийся глазок трансляции. Кот смотрит с неверием, но затем он задает тот самый вопрос, который мы с любимой слышали не раз. И от наших детей, и от внуков... Конечно же, мы знаем ответ на этот вопрос. И лишь услышав, что отвечает любимая, кот пропадает. Мы успеваем переглянуться, я же думаю о том, не случилось ли чего, но тут звучит слышимое только нам сообщение, и спустя несколько долгих минут подросток в черном мундире застывает перед нами.

Иришка моя совершенно не желает себя сдерживать, поэтому трансляция завершается под громкое урчание обретшего родителей кота, а я прошу котят начать голосование, хотя результат его мне уже понятен.

Планета котят для жизни приспособлена плохо — климатические установки за прошедшее время вышли из строя, поэтому они вынуждены кутаться в одежды, представляя собой маленькие мумии. Значит, нужно, чтобы родители пришли за каждым и каждой, уводя в новый дом. В древности люди брали в дом животных, ну а мы дарим тепло детям. Как бы они ни выглядели, чем бы ни питались, о чем ни думали — они наши дети отныне и навсегда.

— «Панакее» начать вакцинацию, — приказываю я, пока идет голосование. — Известите родителей котят.

— Ну хоть не всех себе Винокуровы забирают,

— хмыкает адмирал в канале внутренней связи, заставляя меня улыбаться.

Пройдет время, котята вырастут и тогда уже решат, где хотят жить, хотя что-то мне подсказывает, что эти два десятка тысяч оставшихся от миллиардного народа, останутся с людьми. Их культуру мы постараемся восстановить, но насколько это получится, сказать трудно. Впрочем, сейчас для нас важно совсем другое. И глядя в результаты голосования, где напротив варианта «развиваться самостоятельно» стоит ноль, я понимаю: мы просто-напросто обрели детей. Они устали быть взрослыми, и теперь им это уже не надо...

Сразу же начинают работать координаторы — надо вылечить всех, этим медики заняты. Затем нужны родители каждой и каждому, нужны транспорта, а система котят от наших удалена, что в свою очередь означает работу «Щита». Установить маршруты, пригнать эвакуаторы, чтобы эвакуировать детей, помочь справиться со своими тараканами... В общем, дел у нас отныне очень много, что и хорошо.

— Вот и нашлось занятие для всего Человечества, — улыбается Иришка, к которой прижимается наш новый сын, имени которого я еще не знаю.

— Сына, зовут-то тебя как? — интересуюсь я с улыбкой.

— А можно, вы меня назовете? — отвечает он вопросом на вопрос.

— Можно, — сразу же отвечает мама, припоминая Лику.

Нам еще предстоит узнать, что имен собственных у котят не было, указывалась только фамилия и номер по порядку. Но теперь-то это изменится, конечно. Дети превыше всего, и обретенные нами солнышки это обязательно изучат. Они привыкнут быть самыми важными, любимыми, нужными... И ступая по дороге своей жизни, навсегда оставят одиночество, страх и холод позади.

Тай

Школа действительно оказалась совсем другой и нестрашной. Поначалу-то мы, конечно, опасались еще, но учителя прекрасно знали, как нам помочь, ну а затем случился наплыв детей — котят-то надо было с самого начала учить. И вот глядя на этих потерянных детей, — мне это так напомнило симуляцию — мы с Даной просто не смогли остаться в стороне. Так что школа у нас получилась динамичной, конечно.

С тех прошло много лет, мы уже и выучились, затем пойдя в академию Флота. Это решение принималось нами двоими, но совета мы спросили у всех. Мне очень не хотелось, чтобы еще кто-нибудь так потерялся, как мы, ну и киан... Я знаю, что люди уничтожили Врага, а вдруг он где-то еще есть, спрятался, чтобы напасть на беззащитные планеты? Эта мысль не давала мне покоя в детстве, ну а теперь мы знаем немного больше, конечно, но о выбранном пути не жалеем.

— Так, Винокуровы... — задумчиво произносит куратор курса.

Мама свою фамилию менять не захотела, а ее мама и папа — Винокуровы, потому что члены семьи, несмотря на то что квазиживые. Это значит — они когда-то были созданы, а не рождены, но на этом различия и заканчиваются. Для разумных по крайней мере. Вот... Значит, мама Винокурова, фамилию она менять не захотела, вот и мы такие же с Даной, а во Флоте есть примета — Винокуровы вечно в странные приключения попадают, потому что репутация.

— Винокуровы, две штуки, — шутит куратор.

— Винокуровы — это нежданные сюрпризы, — замечает он. — И практика вряд ли исключение.

У нас практика после третьего курса. Обычно то она заключается в работе на подхвате, как деда шутит, «гальюны чистить». Гальюн — это традиционное название туалета. Во Флоте множество традиций, весь Флот на традициях стоит, потому что так должно быть. Традиции и инструкции — вот основа Флота, ну а Винокуровы известны попаданием в ситуации, когда инструкции теряют свою силу, поэтому у нас двоих программа обучения от других курсантов отличается.

— Значит так, флагман мне жалко, — будто раздумывая, произносит Степан Игоревич. — Главную Базу жалко адмиралу Варфоломееву, потому будет у вас скучный месяц на Форпосте.

Нашли, куда сослать, значит. Форпост — самая граница расселения Человечества, да и наших Друзей тоже. Там обычно автоматический корабль болтается и два навигационных буя, потому что инструкция такая. Один сообщает о Человечестве, а второй наблюдает за первым. Ну и автомат, если что, может принять какие-то меры, правда, какие, я не в курсе.

— Пойдете на «Меркурии», — оценив нашу

молчаливость, продолжает куратор. — Корабль новый, потому изучите в полете. С вами двое квазиживых, на случай осознания, ну и — твердых дюз!

Это пожелание такое на Флоте, почти не использующееся, несмотря на традицию. Обычно ни пуха, ни пера желают, а тут вона как. Значит, беспокоится куратор. Ну тот факт, что посылают курсантов, не значит ничего — нам в одном месте болтаться, кроме того, тетя Маша с сестрами вполне могли сказать «так надо» — и не поспоришь. Нам, впрочем, не скажут.

— Есть! — традиционно отвечаем мы, повернувшись, чтобы покинуть помещение.

Посылают нас на «Меркурии», корабль, надо сказать, новый. То есть у него и движитель только-только испытания прошедший, и оружие из мощных, но неожиданных, там новый принцип использован, с искривлением пространства связанный. И щиты, и маскировка — все новое, да и класс у корабля крейсерский, что тоже немаловажно.

Интересно, это тети что-то почувствовали, или же начальству просто больше некуда сослать непредсказуемых Винокуровых? Скорей первое, чем второе, значит, надо выловить тетю Машу и прижать ее к стене. Правда, сначала посмотрим корабль, если там много сверх штата, значит, точно. У тети Тани муж — главный по снабжению, так что если что-то известно... Хм... Хочу ли я приключаться?

— Хочешь ты приключаться, — отвечает на незаданный вопрос все чувствующая Дана. — И я хочу, а еще у нас Академия Творцов, помнишь?

— Помню, — вздыхаю я.

Дар у нас — творить, а вот что конкретно творить, мы не в курсе. Поэтому у нас во сне есть другое учебное заведение — Академия Творцов. Там нас, наверное, научат творить, потому что вытворять мы умеем и так. Ну пока только рассказывают о структуре Вселенной, особенностях планет и разнице понятий между «планета» и «мир». Ну мы в самом начале, насколько я понимаю. Так как во сне ограничений нет, то уроки у нас ведут и люди, и Друзья, они выглядят чем-то на осьминогов похожими. Интересно, конечно, что именно мы творить умеем...

На коммуникатор падает сообщение о начале практики прямо завтра, что сильно удивляет, конечно, поэтому, послав подтверждение, я трогаю пальцем контакт тети Маши. Отвечает она мгновенно, но ничего сказать мне не позволяет.

— Вы получили направление на «Меркурий», — сообщает мне она. — И практика начинается завтра. При этом ты недоумеваешь, но догадки есть. Правильные догадки, все понял?

— Все понял, — киваю я, вздохнув.

Все-таки, ждут нас приключения. Задавать вопрос «почему мы?» бессмысленно. Интуиты почувствовали, что нужны, во-первых, именно мы, а, во-вторых, это безопасно. Кроме того, направление на практику дано от имени даже не Флота, а «Щита», щитоносец перворанга Феоктистов лично подписал, а это значит очень многое. Например, что обеспечение у нас от Дальней разведки и прикрытие тоже.

Вечер пролетает в посиделках с семьей. Немного таинственно улыбающаяся мама говорит о том, что гордится нами обоими, отчего все тревоги и волнения улетают прочь. Когда-то давно люди нашли нас и спасли, я знаю это. И теперь нам говорят, что где-то очень нужны именно мы с Даной. Значит, так оно и есть, нечего и размышлять над этим.

Мы проводим вечер в тепле семьи, чтобы поутру заскочить в пришедший за нами служебный электролет, отправляясь на первую нашу практику. Все-таки, как-то слишком много секретов вокруг, но, возможно, так и правильно? Вдруг мы встретимся с чем-то совсем непознанным?

Я обнимаю Дану, еще не зная, что пройдет скучная неделя, за ней еще одна, ну а потом сигнал тревоги вырвет меня с любимой из койки, заставляя скакать в рубку «в чем есть», чтобы увидеть буквально выпавший в пространство неизвестный звездолет. Наверное, он не просто так выпадет, мне-то откуда это сейчас знать? Но это случится обязательно, и снова, как много-много раз до этого, сквозь черноту бесконечного пространства прозвучит послание Разумных: «Мы идем с миром!»